Luise Richter
„Herz, o Herz!"
„Nie wieder Krieg!"
Kurzgeschichten

„Das Leben wird vorwärts gelebt
und rückwärts verstanden."
(*Kierkegaard*)

Luise Richter

„Herz, o Herz!"
„Nie wieder Krieg!"

Kurzgeschichten

Bibliografische Information der Deutschen Nationalbibliothek
Die Deutsche Nationalbibliothek verzeichnet diese Publikation in der Deutschen Nationalbibliografie; detaillierte bibliografische Daten sind im Internet unter http://dnb.d-nb.de abrufbar.

Herstellung und Verlag: Books on Demand GmbH, Norderstedt.
ISBN-13: 9783837067958

Inhalt

Kapitel I

„Herz, o Herz!“

„Du hast mir so gefehlt!"

Renate war sechsundzwanzig Jahre alt, groß, schlank, blond, charmant und attraktiv. Vor drei Jahren stürzte sie unvorsichtigerweise bei einem ihrer Reitversuche vom Pferd und verletzte sich in der Gegend der Lendenwirbelsäule. Sechs Wochen lang plagten sie starke Schmerzen. Dann kam langsam wieder alles in Ordnung. Doch nach zwei Jahren litt sie abermals unter leichten Beschwerden. So ging sie auf Anraten ihres Arztes zur Kur nach Schallerbach.

An einem frühen Nachmittag im August des Jahres 1947 kam sie im Kurort an. Es war nirgendwo ein Einbettzimmer aufzutreiben. In einer sehr einfachen Pension wurde ihr ein Bett in einem Zweibettzimmer angeboten. Sie nahm es vorläufig einmal an, hatte aber die Absicht, sich im Laufe der kommenden Tage auf die Suche nach einer besseren Unterkunft in der Nähe des Kurhauses zu begeben. Die Pension, in der sie nun vorläufig untergebracht war, hatte einen wunderschönen Garten. Dort an den gemütlichen Tischen saßen wie aufgefädelt eine Unzahl älterer Damen und solcher, die mittleren Alters waren. Sie unterhielten sich miteinander. Renate, gesellig, wie sie war, setzte sich zu ihnen und lernte sie alle kennen.

Am Abend ging sie in den Speisesaal zum Abendessen. Es wurde ihr ein Platz an einem Zweiertisch gegenüber von einem sehr gutaussehenden, nicht mehr so ganz jungen, aber sympathischen Mann - er war das einzige männliche Wesen in der Schar der Gäste – zugewiesen.

Während sie sich nun schon beim Abendessen mit ihrem Tischnachbarn in äußerst angenehmer und heiterer Unterhaltung befand, kam plötzlich die Kellnerin herbei und teilte ihr mit, daß eine Dame den Wunsch geäußert hätte, sie dringend im Nebenzimmer sprechen zu wollen. „Verzeihen Sie die Störung", sagte diese, „wie Sie wissen, bin ich Grazerin und ich kenne diesen Herrn an Ihrem Tisch. Ich möchte Sie nur informieren, mit wem Sie es zu tun haben ..." „Nicht nötig", unterbrach Renate sie, „der Herr hat sich bereits mit seinem Namen vorgestellt bei mir!" „Ja, aber es kommt mir so vor, daß Sie ganz munter mit dem Grafen flirten. Sie werden vielleicht nicht wissen, daß er verheiratet ist und viele Kinder hat und daß er in unserer Stadt sehr angesehen ist, und daß ihm ein äußerst seriöser Ruf nachgeht." „Nein, das weiß ich noch nicht. Doch es ist wohl anzunehmen, daß ein Mann von diesem Format und in diesem Alter, so Mitte Vierzig nicht ohne Familie und nicht ohne Position ist. Seien Sie unbesorgt, gnädige Frau! Ich will Ihnen nur sagen, daß mir das alles einerlei ist und daß ich mich mit jedem Menschen, der mir so sympathisch erscheint wie dieser, bedenkenlos köstlich unterhalten würde – selbst, wenn er der Kaiser von China wäre."

Der Graf und Renate trafen sich wieder, zufällig. Er

hatte inzwischen ebenfalls, so wie Renate es getan hatte, ein anderes Quartier bezogen, mit dem er zufriedener war. Sie trafen sich immer wieder, rein zufällig. Einmal im Kurpark, einmal in der Kurhalle, dann wieder unterwegs auf der Straße. Sie setzten sich anschließend meistens auf eine Bank und plauderten miteinander, solange es ihre Zeit erlaubte. Später planten sie, wenn sie sich vormittags begegneten, öfters schon für den Nachmittag einen Spaziergang, eine Wanderung. Diese gemeinsamen Wanderungen durch Wälder und Fluren waren angenehm und sehr schön. Sie unterhielten sich stets sehr angeregt miteinander, hatten unendlich viele gemeinsame Interessen und verstanden sich großartig. Er war taktvoll, charmant, vornehm, dennoch von natürlicher Wesensart, naturverbunden und verfügte über eine hervorragende Allgemeinbildung, und Renate stand ihm in dieser Hinsicht keineswegs nach. Wie er sein Wissen, seine Ansichten, und seine Empfindungen über die Dinge des Lebens von seiner Warte aus darstellte, entsprach im Allgemeinen auch ihrer Sichtweise. So erwiesen sich die Gespräche als ein interessanter Austausch ihrer Gedanken und als eine echte Bereicherung für beide.

Ab und zu hielten sie kurz Rast auf einer Bank oder unter einem Baum. Da wurden sie meistens ganz still, ganz schweigsam, lauschten dem Gesang der Vögel und ließen die kleinen und großen Wunder der Natur um sie herum auf sich einwirken. Dabei blickten sie sich manchmal an, und Renate glaubte zu spüren, daß in jenen Augenblicken ihre Herzen im Gleichklang miteinander schlugen. Einmal geschah es, daß er dieses Schweigen unterbrach. Er sagte, „Der Augenblick ist voller Harmonie. Ich glaube, Sie fühlen das auch, genauso wie ich. Es ist schön, dem Vergangenen und dem Zukünftigen im Leben für Augenblicke zu entfliehen und seine Gedanken nur noch in der Stille der Gegenwart ruhen zu lassen. Sie sind für mich ein wunderbarer Mensch. Ich schätze Sie sehr, seit ich Sie kenne. Nun werden Sie vielleicht sagen, daß es viele wunderbare Menschen auf dieser Welt gibt, und ich erwidere Ihnen, ja, aber es ist ein Glück und vielleicht sogar einen Gnade, einen von ihnen entdecken zu dürfen." Es folgten ein inniger Blick von einem Augenpaar zum andern, kein weiteres Wort mehr und keine, auch noch so harmlose Berührung. Sie wäre wohl zu viel und zu billig gewesen für das, was sie eben in ihrer Seele füreinander empfanden.

Eines Tages sagte er, "Morgen ist Sonntag. Wollen Sie um Zehn in die Kirche zum Hochamt kommen? Ich würde mich freuen, Sie dort zu treffen. Wir könnten vielleicht nachher einen Spaziergang machen. Und wenn Sie am Nachmittag nichts vorhaben, könnten wir auf den Magdalenberg gehen und irgendwo Kaffee trinken.

Sie saßen in einer gemütlichen Konditorei bei Kuchen und Kaffee. Jene Dame, die am ersten Abend in der Pension während des Essens der Meinung war, sie müßte Renate vor dem gräflichen Ehemann beziehungsweise diesen vor Renate schützen, kam mit einer Gefährtin herein ins Lokal. Sie bemerkte Renate und ihren Begleiter und ließ es sich sichtlich anmerken, daß sie entsetzt war, beide gemeinsam hier zu treffen. Was sie dachte, war sonnenklar. „Ach, wenn sie nur wüßte, wie schön, wie harmonisch und - wie harmlos - alles war und weiterhin sein wird, sie würde es kaum fassen", dachte Renate und nickte ihr freundlich zu.

16

Am Abend gingen sie noch mitsammen ins Kino. Nach der Vorstellung fragte er sie, ob er sie nach Hause begleiten dürfte. Renate lehnte ab. Ein wenig zu schroff, sie spürte es deutlich. Irgendwie war sie ängstlich. Erst die Nähe im Kino und dann der finstere Nachhauseweg zu zweit, nein, das wäre ihr im Augenblick zuviel geworden. Sie ging lieber allein und nahm den langen Umweg auf der beleuchteten Straße.

Während der folgenden drei Tage sah sie ihn nirgends. Nicht im Kurpark stolzen Hauptes einherschreitend – sie erkannte ihn stets an seinem Gang und an seiner Haltung schon von weitem – nicht in der Kurhalle, nicht auf der Straße und nicht auf ihren Wanderungen, die sie mit ihrer Zimmerkollegin unternahm. Am vierten Tag endlich, als sie oberhalb des Ortes allein auf einem engen Steig in Gedanken versunken so vor sich hinging, kam er ihr plötzlich entgegen, in Gesellschaft eines jungen Mannes. Sie begrüßten sich freundlich, auch ein wenig verhalten freudig, und er stellte ihr seinen Begleiter, Herrn K., vor. Dann lud er sie ein, mit ihnen gemeinsam weiterzuwandern. Dieser junge Mann bekundete durch sein Verhalten deutliches Interesse an Renate. Doch ihr war das nicht angenehm. Er machte keinen Eindruck auf sie. Im Gegenteil, seine Anwesenheit störte sie.

Als sie, der Graf und Renate, dann endlich allein waren, sagte er, „Sie haben meine Frage, Sie heimbegleiten zu dürfen, kürzlich nach dem Kino, sehr schroff zurückgewiesen. So dachte ich, es wäre an der Zeit, Ihnen ein wenig aus dem Weg zu gehen. Da ich sie aber nun tatsächlich drei Tage nicht zu Gesicht bekam, wurde mir bang und ich machte mir beinahe ein wenig Sorgen um Sie. Haben Sie für morgen am Abend schon etwas vor? Wenn es Ihnen recht ist, würde ich Sie gerne in ein Gasthaus einladen, zum Abendessen. Ich habe ein sehr nettes entdeckt."

Sie gingen essen und sie tranken Wein. Als sie sich auf den Heimweg machten, regnete es. Er nahm sie unter seinen Schirm. Dann führte der Weg über eine nasse, pfützenreiche Wiese. Er trug sie hinüber auf die andere Seite, in seinen Armen. Wollte er sie vor dem Schmutz schützen oder wollte er sie in seinen Armen halten? Renate wußte es nicht. Aber sie glaubte an beides. Sie fühlte sich glücklich in seiner Nähe. Vor ihrem Hotel angekommen bemerkte sie, daß sie den Hotelschlüssel in ihrem Zimmer vergessen hatte. Nach zweiundzwanzig Uhr war niemand mehr an der Rezeption, und das Tor war zugesperrt. Da sie aber im Parterre wohnte, in einem Zweibettzimmer mit einer angenehmen, netten Kurkollegin und da sie sah, daß im Zimmer noch Licht brannte, wollte sie durchs Fenster einsteigen. Sie klopfte an und begehrte Einlaß. Die Zimmerkollegin erschrak nicht. Sie erkannte sofort Renates Stimme. Sie öffnete das Fenster, und der Graf stellte sich an, Renate die Räuberleiter zu machen, denn es war gut zwei Meter Mauerhöhe zu überwinden. Alles ging gut. Mit seiner Hilfe war sie glücklich zur späten Stunde in ihrem Zimmer gelandet. Beide, Renate und ihr Helfer, freuten sich über das gelungene Abenteuer wie zwei kleine Kinder.

Sie wusste es schon lange. Aber an jenem Abend spürte sie es deutlich, daß sie verliebt ineinander waren. Sie hatte sich ohnehin schon rettungslos an ihn verloren. Wie es um ihn stand, wußte sie nicht so genau. Denn er war achtzehn Jahre älter als sie, daher gesetzter, vernünftiger und vor allem, er hatte zuhause eine

18

Familie, mit der er sehr verbunden war. Sie aber wußte, daß sie sich, wenn die Tage hier gezählt sein würden, wieder in ihrer trostlosen Herzenseinsamkeit zurechtzufinden hatte. Das betrübte sie zwar, aber trotz allem war sie froh über die so wunderbar beschwingte Glückseligkeit, die zur Zeit ihr Herz erfüllte. Dachte sie doch schon, daß damals im Kessel von Stalingrad nicht nur der geliebte Mensch, mit dem sie aufs Innigste verbunden war, sondern ihre ganze Liebesfähigkeit zugrundegegangen wäre. Seit damals war ihr es niemals mehr gelungen, sich wenigstens in ihren Gedanken und Gefühlen und mit ihren Wünschen an einen Menschen ganz zu verlieren.

Eines Tages, es war eigentlich für sie der letzte Tag am Kurort, fragte er sie, ob es ihr recht wäre, sich schon am frühen Nachmittag dieses wunderschönen Spätsommertages nach einer längeren Wanderung auf einer Decke, die er mitnehmen würde, mit einem Buch ein wenig zu entspannen. „Ich habe eine wunderschöne Sammlung von Gedichten großer Meister entdeckt. Wir werden darin blättern und uns die schönsten Gedichte heraussuchen. Am Abend ist ja dann das große Abschiedsfest mit unseren Kurkollegen und -kolleginnen. So wollen wir noch einen letzten schönen Nachmittag mitsammen verbringen, wenn Sie damit einverstanden sind. Sie war es.

Ihr Weg führte auf einer kleinen Brücke über den Bach und zum Hügel hinauf, den sie besteigen wollten. Auf der Brücke blieben sie stehen und schauten auf den Bach hinunter. Sie sagte, „Ich höre für mein Leben gern das Rauschen des Wassers und ich liebe es so sehr, den Wellen nachzuschauen, wie sie sich so am Ufer oder an großen Steinen immerzu unermüdlich brechen und sich zurückwerfen lassen. Als wir noch Kinder waren, spuckten wir von der Brücke in unserem Heimatort um die Wette ins fließende Wasser hinunter." „Ja," sagte er, „das machen Kinder gerne. Wir haben das auch getan. Als junger Mensch, wenn ich dazu die Möglichkeit hatte, empfand ich es als ein großes Vergnügen, lange unentwegt dem dahinfließenden Wasser nachzuschauen und dabei über das Leben und alles Vergängliche nachzusinnen und mich vom monotonen Wasserrauschen erfüllen und beruhigen zu lassen. Es gibt da übrigens eine sehr schöne Geschichte aus dem alten China. Sie geht ungefähr so:

Ein Weiser steht vor einem großen Fluß und schaut lange unverwandt ins Wasser. Seine Schüler fragen ihn, was es denn da zu sehen gebe. Er sagt: Das Wasser lehrt uns, wie wir leben sollen. Wohin es fließt, bringt es Leben und schenkt sich allen, die es haben möchten. Es ist gütig und freigiebig. Unebenheiten gleicht es aus, es ist gerecht. Über steile Wände stürzt es in die Tiefe, es ist mutig. Felsen umfließt es, es ist verträglich. Es ist stets auf Wanderschaft, es ist ausdauernd. Es strömt seinem Ziel, dem Meer, entgegen, es ist zielbewußt. Wenn es verunreinigt wird, bemüht es sich, wieder rein zu werden, sich zu erneuern." „Deswegen schaue ich ins Wasser - es lehrt mich das rechte Leben!", ergänzte Renate. „Ich kenne diese Geschichte. Irgendwann hab ich sie in einem Buch gelesen, und sie hat mich beeindruckt. Nur – so wortgetreu, wie Sie es tun, könnt' ich sie nicht nacherzählen." Er sagte, „Ich hab' sie mir gut gemerkt, weil ich sie wunderschön finde. Ich freue mich sehr, daß sie Ihnen auch gefällt und daß Sie sie kennen."

Sie gingen weiter den schmalen Pfad entlang, der in

den bewaldeten Hügel hineinführte. Kreuz und quer wanderten sie lange durch den Wald. Schließlich blieben sie in einem kleinen Birkenhain stehen und suchten einen Platz, um die Decke aufzubreiten und um vom langen Marsch auszuruhen. Der Wind strich durch die Baumkronen, und die Birkenblätter, die an diesem Spätsommertag schon ein wenig frühherbstlich verfärbt waren, raschelten geheimnisvoll melodisch, fast ein wenig melancholisch, so als ob sie schon ihren nahenden Abschied von den Zweigen ahnten. Renate empfand es so und sie liebte diese Stimmung. Sie hatte einen großen Apfel mitgebracht. Der Graf brach lächelnd und freudig gestimmt den Apfel mit seinen Händen auseinander. Die eine Hälfte an Renate zurückgebend sagte er, „Ist es nicht wunderschön hier? Fast wie im Paradies kommt es mir vor, und dazu noch dieser Apfel!" Nun schwieg Renate erst ein wenig beklommen. Dann sagte sie; „Das mit dem Apfel, wie Sie es meinen, war nicht meine Absicht. Ich wollte damit wirklich nur unseren Durst löschen." Irgendwie fühlte sie sich in die Enge getrieben. Sie war in diesen Mann verliebt und sie fühlte sich augenblicklich nicht stark genug, sich gegen dieses Gefühl und die Konsequenzen, die sich vielleicht daraus ergeben hätten, zu wehren. So stand sie mit einem Mal auf und ging davon, weit in den Wald hinein. Dort setzte sie sich auf einen Baumstrunk und dachte nach; über sich, über ihn und über ihre schier unerträgliche Unruhe.

Nach einer langen Weile kehrte sie zurück. Er kam ihr entgegen und sagte betrübt, „Ich wollte Ihnen mit dieser Apfelbemerkung keinesfalls nahe treten. Es war nur so ein plötzlicher Einfall. Sind Sie deshalb vor mir davongelaufen?" „Nein", entgegnete sie, „ich bin überhaupt nicht vor Ihnen davongelaufen. Ich glaube, daß ich vor mir selber davongelaufen bin. Aber – nun bin ich ja wieder hier, und wir können unseren Apfel verspeisen und, wenn Sie wollen, auch noch im Buch blättern. Dann wird es ohnehin bald Zeit, ans Nachhausegehen zu denken. Wir wollen doch die abendliche Feier nicht versäumen."

Es wurde geschmaust und auch getanzt am Abend. Während Renate mit einem der Kurbekannten tanzte, schrieb der Graf ein paar Zeilen auf seine Karte. Er überreichte sie ihr, als sie wieder an seiner Seite saß. Sie las : „Eingehüllt in feuchte Tücher, prüft er die Gesetzesbücher. Und er kommt zu dem Ergebnis, nur ein Traum war sein Erlebnis. Weil, so schließt er messerscharf, nicht sein kann, was nicht sein darf." Er fragte sie, „Habe ich mit diesem Absatz aus Morgensterns Galgenliedern unsere Gefühle füreinander richtig ausgedrückt?" Sie schwieg eine zeitlang, nachdenklich. Denn manchmal glich ihr Zusammensein wahrhaftig einer halsbrecherischen Gratwanderung zwischen Vernunft und akuter Liebesgefahr, bei der jedoch die Balance nicht verlorenging. Und sie schrieb auf die Rückseite der Karte die bedeutsamen Worte aus Schillers ‚Ideal und das Leben', „Zwischen Sinnenglück und Seelenfrieden bleibt dem Menschen nur die bange Wahl" und übergab sie ihm.

Er begleitete sie nach Hause. Es war spät geworden, als sie sich voneinander verabschiedeten. „Und morgen", sagte er, „morgen geht's für Sie wieder heimwärts. Bei mir ist es übermorgen soweit. Um welche Zeit werden Sie wegfahren? Und wann werden Sie am Bahnhof sein?" Sie beantwortete seine Fragen sachlich. „Herr K. hat mir erzählt, daß er ebenfalls morgen nach

22

Wien zurückfährt. Ich glaube, er freut sich auf Ihre Gesellschaft." Dann noch ein vielsagender Blick, ein Händedruck und seine Worte; „Ich wünsche Ihnen eine recht gute letzte Nacht in Schallerbach." ‚Sollte das alles schon der Abschied gewesen sein? Sicher wird er morgen zum Bahnhof kommen. Ich glaube, er fühlt es genau, daß es mein Wunsch ist, ihn noch einmal zu sehen, morgen.' So dachte Renate bei sich.

Am Bahnhof, während Herr K. die Karten löste und sich mit dem Gepäck zu schaffen machte, blieben für den Grafen und Renate noch ein paar gemeinsame Minuten. „Es war eine wunderschöne, harmonische Zeit mit Ihnen. Ich danke Ihnen sehr. Es gibt Dinge im Leben, die gar nicht so einfach sind. Aber man soll sie auch nicht zerreden. Wollen Sie es sich nicht vielleicht doch noch überlegen und am nächsten Sonntag zum Treffen mit unserer Abschiedsgilde nach Radkersburg kommen? Dann bin ich ganz bestimmt auch dort." „Nein, das hätte keinen Sinn. Die andern alle interessieren mich eigentlich nicht." „Aber Sie könnten mich einmal in Wien besuchen, wenn Sie dort dienstlich zu tun haben!" „Verzeihen Sie – nein, das hätte noch weniger Sinn." „Das war nur gerade so einer von den unsinnigen Einfällen, wie man sie manchmal hat, zum Beispiel wie der Ihre gestern, der mit dem Apfel." Der Graf: „Leben Sie wohl und vergessen Sie so wie ich Schallerbach niemals!" Ein inniger Händedruck, ein zärtlicher Blick vom einen zum andern, und dann stieg sie ein, gefolgt von Herrn K., der ihren Koffer schleppte. Sie rannte zum Fenster, öffnete es, und sie sahen einander noch lange nach. So lange, bis der Zug um die Ecke bog. Und dann nahm sie ihren Platz ein und verbarg ihr Gesicht hinter dem Mantel.

Herr K. begann, belangloses Zeug zu schwätzen und schwätzte unaufhörlich weiter. Sie sagte, „Nicht böse sein, Herr K., aber wollen sie bitte vorübergehend einmal schweigen und meine Gedanken nicht stören!" Er: „Was ist los mit Ihnen? Sie sehen plötzlich so blaß aus, und ihre Augen sind ganz rot. Kann ich irgendetwas für Sie tun?" „Nein, nur schweigen", sagte sie, „und warten, bis ich wieder zu mir komme. Bitte versuchen Sie doch zu verstehen! Oder glauben Sie, Herr H. ist Ihretwegen zum Bahnhof gekommen? – Na also. Es war ein Abschied für immer, und ich bin ganz aufgewühlt, ganz durcheinander." „Aber der Graf ist doch verheiratet und hat Familie!", sagte Herr K. „Es heißt, daß so etwas zwar kein Grund, aber auch kein Hindernis ist, sich zu verlieben!" entgegnete Renate und sie schlüpfte neuerlich mit dem Gesicht unter den Schutz des Mantels. In Wien angekommen, sagte Herr K.: „Kann ich Sie irgendwann irgendwo wiedersehen? Ich würde mich sehr freuen." „In nächster Zeit wartet viel Arbeit auf mich – und überhaupt, ich glaube, es hätte nicht viel Sinn. Verzeihen Sie mir meine Offenheit. Ich danke Ihnen sehr für Ihre Hilfe. Für den Koffer nehme ich einen Träger. Bitte, lassen Sie sich weiter nicht stören. Alles Gute für Sie, und nochmals recht vielen herzlichen Dank!"

Sie drehte sich um und hielt Ausschau nach einem Gepäcksträger. Plötzlich sah sie Helmut auf sie zukommen. Sie rief ihm entgegen, „Helmut, du? Wen suchst du?" „Dich natürlich!" und er umfing sie herzlicher denn je und drückte ihr einen Blumenstrauß in die Hände. „Wieso weißt du denn, daß ich jetzt komme?" „Ich hab' es mir gedacht, hab' es mir ausgerechnet, daß deine Heimkehr heute oder spätestens morgen sein müßte." „Da bin ich aber schon sehr überrascht. Du hast dich so in Schweigen gehüllt – zwei Briefe während einer Zeit von drei Wochen!"

„Ich hab' dir nicht nur zwei Briefe geschrieben – nein, ich hab' dir viele Briefe geschrieben. Aber ich habe sie nicht abgesandt, weil ich nicht aufdringlich erscheinen wollte. Du bist so plötzlich, so überraschend abgereist, hast mir alles einfach nur in letzter Minute telefonisch mitgeteilt – du hast mir so gefehlt! Tag für Tag hab' ich an dich gedacht und mir vorgestellt, wie schlimm es wohl für dich sein mag, umgarnt zu werden von zwar sicher recht ehrenwerten, aber vom Zipperlein geplagten, alten Pensionisten."

„Ja, es stimmt, ich bin plötzlich davongefahren, weil ich dachte, es wäre gut für uns beide. Wir kennen uns nun schon ein volles Jahr, und aus unserem häufigen Beisammensein ist nichts weiter geworden als eine Art kameradschaftlicher Freundschaft mit einer nichtssagenden Liebelei. Wir haben viel zu wenig füreinander empfunden. Du warst ständig mit deinen Gedanken bei deiner Traumfrau in Amerika, und meine Gedanken sind nach Stalingrad zurückgekehrt und dort auch hängengeblieben. Dein Rendezvous mit deiner Angebeteten jetzt im September, hat es denn nicht stattgefunden?"

„Natürlich war sie da in Wien, mit ihrer Mutter."
„Und du hast dich doch sicher auch allein mit ihr getroffen? Und vielleicht habt ihr auch gleich Verlobung gefeiert?" „Ja, ich habe mich mit ihr getroffen. Wir haben einen ganzen langen Tag mitsammen verbracht. Aber, o Gott, diese Enttäuschung! Sie ist so ganz anders geworden, als ich sie in Erinnerung gehabt habe. Sie redet so viel und sie sagt so wenig. Exaltiert ist sie in höchstem Maße - und wie verrückt sie nur angezogen

ist! Amerika hat ihr nicht gutgetan. Alle Natürlichkeit ist von ihr abgefallen. Ich möchte dir gerne meine Briefe geben. Wirst du sie auch lesen?"

Er stellte den Koffer vor ihrer Wohnungstüre ab. Sie stand vor ihm mit dem Bündel Briefe und dem Blumenstrauß in den Händen. „Ich danke dir für alles", sagte sie und sie sah ihn an, und er kam ihr plötzlich so verändert vor - reifer, gesetzter, älter. „Du hast mir so gefehlt", wiederholte er, und es klang ehrlich. „Wann wirst du mich morgen anrufen?" „Morgen? Nein!" sagte sie. „Vielleicht nächste Woche - ich rufe dich bestimmt an - bis ich wieder da bin." „Aber du stehst doch da vor mir in deiner ganzen jungen Pracht und Herrlichkeit, endlich, nach drei langen, für mich so einsamen Wochen!" „Ja, ich bin schon da, natürlich! Nur, so ganz da werde ich wahrscheinlich noch länger nicht sein."

Seelenkrise einer Neunzehnjährigen

Sie war knapp neunzehn Jahre alt, als sie, eben erst vom Reichsarbeitsdienst aus Mainfranken nach Hause zurückgekehrt, sich auf den Weg nach Wien machte.

Das war Anfang Oktober des Jahres 1939. Immer schon wollte sie an der Universität studieren – entweder Medizin oder Pharmazie. Medizin? Nein, das Studium hätte sie, so glaubte sie, schon riskieren und wahrscheinlich auch absolvieren können, aber dann? Die Berufsausübung wäre ihr zu blutig, zu intim, zu gewagt erschienen für ihre sensiblen Nerven. Und die vielen Fehldiagnosen der Ärzte – nein, die wollte sie nicht auch noch mit ihrem Beitrag vermehren. Um ärztlich tätig zu sein, dazu wäre sie nicht geeignet; nicht stark genug, zu ängstlich und auch zu gewissenhaft. Das war ihr mittlerweile klargeworden. Arzt – das war für sie nicht nur ein Beruf sondern eine Berufung, und diese fehlte ihr. Und so entschloß sie sich für die Pharmazie. Chemie war ohnehin stets eines ihrer Lieblingsfächer in der Schule gewesen, und alles andere war, so dachte sie, erlernbar. Nun war damals im Sinne der Studienordnung des großdeutschen Reiches für Pharmazie vor dem Beginn des Hochschulstudiums eine zweijährige Praxis in einer Apotheke vorgeschrieben. Das schien ihr sehr vernünftig zu sein, denn erstens könnte man vor Beginn des Studiums bereits erkennen, was einen nach Beendigung des Studiums erwarten würde, und zweitens war man nach Beendigung der zwei Praxisjahre und der Ablegung des Vorexamens schon berechtigt, während des Studiums und vor allem in den Ferien in Apotheken gegen gute Entlohnung zu arbeiten.

Sie hatte eine Schulkollegin, mit der sie seit fünf Jahren eine echte und innige Freundschaft verband. Beide Freundinnen kamen überein, sich dem Pharmaziestudium zuzuwenden. Allerdings wollte ihre Freundin die Apothekenpraxis in ihrer Heimatstadt absolvieren, während sie es aus der Enge ihrer dörflichen Heimat hinausdrängte, hinein in die Großstadt. Nur dort wollte sie in irgendeiner Apotheke praktizieren und zugleich auch ins Großstadtleben hineinwachsen. Während des Hochschulstudiums wollten beide Freundinnen gemeinsam im Studentinnenheim wohnen. So war es beschlossen.

Also begab sie sich von ihrem Heimatdorf, das in der Nähe von St.Pölten liegt, mit der Bahn nach Wien und suchte dort die Apothekerkammer auf, um sich für einen Posten in einer Apotheke zu bewerben. Als sie in das Gebäude eintrat, verspürte sie heftiges Herzklopfen, schließlich setzte sie einen entscheidenden Schritt in ihrem Leben. Sie wollte vom Land in die Stadt ziehen und Apothekerin werden. Zuhause in ihrem bäuerlichen Milieu war sie natürlich die Größte, denn sie hatte in ihrer Bezirksstadt die Mittelschule absolviert und sie war auch schon bis nach Deutschland gekommen. Zwar wieder in ein Dorf, aber nebenbei hatte sie Gelegenheit gehabt, Würzburg, Weimar, Nürnberg und Bamberg kennenzulernen. Jedoch hier in diesem großen Haus, in diesen hohen Räumen der Apothekerkammer kam es ihr zu Bewusstsein, daß sie nur ein kleines Mädchen vom Lande war – mit ihrer Kleidung, mit ihrer Frisur, mit ihrem unsicheren Auftreten, ihrem Herzklopfen und ihrer Schüchternheit.

Sie raffte all ihren Mut zusammen, legte ihre Hemmungen, so gut es eben ging, bewußt ab und gab der Vorzimmerdame ihren Wunsch bekannt. Diese überantwortete sie sogleich ihrem obersten Chef, dem Kammerpräsidenten. Nun stand sie also einer recht bemerkenswerten Persönlichkeit gegenüber, die, wie sie empfand, Güte, ja sogar Väterlichkeit ausstrahlte und sie, die nur ein einfaches Mädchen vom Land war, sehr freundlich aufnahm. Ohne lange Überlegungen teilte er, der Präsident, ihr, der willigen Anfängerin mit, daß er sie gerne in seiner eigenen Apotheke aufnehmen mochte. Diese befand sich in Simmering, dem elften Wiener Gemeindebezirk. Das war der erste große Erfolg, den sie nun schon für sich buchen konnte.

Danach begab sie sich frohen Muts zu ihrer Tante in den zehnten Bezirk, die ihr bereits vor einigen Tagen brieflich die Aufnahme in ihrer Wohnung zugesagt hatte und die ihr nun einen sehr herzlichen Empfang bereitete. Alles begann wunderbar. Am Abend des ersten Tages fuhr sie wieder zum Westbahnhof. Da noch genug Zeit blieb bis zur Abfahrt ihres Zuges in Richtung Heimat, ging sie ein Stück die Mariahilferstraße stadteinwärts entlang. Sie bewunderte staunend die modischen Kleider, die in den Auslagen der Geschäfte zur Schau gestellt waren. Aufmerksam betrachtete sie nun die Passanten, besonders die jungen Mädchen, die alle-

29

samt fein herausgeputzt einherstolzierten. Da wurde es ihr bewusst, dass sie vieles nachzuholen hatte, um ihrem Äußeren einen Anstrich von großstädtischem Aussehen verleihen zu können.

Am dreizehnten Oktober sollte sie ihren Dienst antreten. So fand sie sich schließlich am elften Oktober bei ihrer Tante ein und erkundete ihre neue Lebensumgebung im zehnten Bezirk. Die Tante hatte eine geräumige Wohnung in einem schönen großen Wohnhaus, das sich ganz in der Nähe eines Riesenareals befand, welches das Ein- und Ausfahrtsgebäude des Ost- und Südbahnhofs darstellte. Außer Schienen und pfauchenden Lokomotiven und kahlen, kleineren und größeren, zu den Bahnhöfen gehörenden Nutzgebäuden war weit und breit nichts zu sehen. Kein Baum, kein Grün, kein Gras. Das war die eine, die weniger anziehende Seite der Sackgasse, in der sie nun wohnte. Jedoch von der anderen Seite dieser Gasse gelangte man ganz rasch auf die Favoritenstraße, die damals die Funktion einer größeren Einkaufsstraße der Vorstadt hatte. Und ein Stück weiter entfernt, man konnte es aber zu Fuß erreichen, befand sich ein auffallend schönes Gebäude, das vielgerühmte Amalienbad. Dieses hatte damals viel zu bieten: Tröpferlbad, Dampfbad, Wannenbad et cetera. Das war eine große Attraktion, denn Bäder mit Wannen und Duschen in Wohnungen waren noch eine Seltenheit.

Sie lebte sich gut ein, nicht nur bei der Tante, von der sie nicht nur gut behandelt, sondern noch dazu regelrecht verwöhnt wurde, als auch in der Apotheke. Allerdings die ersten Tage ihrer Lehrzeit empfand sie als eine äußerst harte Zeit. Man drückte ihr ein Staubtuch in die Hand - sie sollte nun, die Standgefäße eines nach dem anderen abstaubend, mit den Aufschriften, den Namen und den Inhalten dieser wohlgeformten und kunstvoll beschrifteten Gefäße Bekanntschaft machen. Auf einem dieser Gefäße stand in schönen Lettern „Dimethylaminophenyldimethylpyrazolonum". „O Gott", dachte sie, „diesen Namen werde ich mir wohl niemals merken." Und ähnlich Rätselhaftes folgte, zum Beispiel „Phenyldimethylpyrazolonum cum Coffeinum citricum", „Acidum phenylacthylbarbituricum" u.s.w.

Wenn sie die eingeschliffenen, dicken, gut schließenden Glasdeckel öffnete, um den Inhalt zu betrachten, handelte es sich bei diesen Substanzen immer um weiße Pulversorten, die sich bestenfalls durch ihre kleinere oder größere kristalline Form voneinander unterschieden. Einfacher zu lesen und leichter zu merken waren die verschiedenen Salbengrundlagen und die vielen alkoholischen Auszüge und Lösungen, zum Beispiel: „Tinctura valerinanae", „Tinctura chamomillae", „Spiritus camphoratus", „Spiritus vini gallicus cum Menthol 1%" u.s.w.

Als sie dann in der Apotheken-Officine und in den anschließenden Materialkammern ihre Abstaub-, Lese- und Betrachtungstätigkeiten mit staubigen Händen und schmutzigen Tüchern beendet hatte, fühlte sie sich einigermaßen geistig überfordert und noch dazu körperlich recht bein- und fußmüde. Alles war Neuland für sie, die mysteriösen Namen der Drogen und das Stehen von früh bis spät. Sie trug anfangs Stöckelschuhe, nicht gerade ganz hohe, aber doch solche, die ihre Beine halbwegs wohlgeformt erscheinen ließen. Doch diese Eitelkeit fiel bald von ihr ab, denn die Beine schmerzten täglich mehr. So tauschte sie während der Arbeitszeit ihre Stöckelschuhe gegen ihre bequemen Wald- und Wiesenschuhe aus.

Nachdem sie die in schönen Behältnissen, in Glasgefäßen, Tiegeln und Flaschen aufbewahrten Geheimnisse in den oberen Räumen kennengelernt hatte, wurde sie in den Keller geschickt. An zwei aufeinanderfolgenden Tagen brachte sie jeweils gut acht Stunden alleingelassen da unten zu. Sie empfand die Zeit in den kalten Kellergewölben mit den vielen Stellagen, die vollgestopft waren mit sich eiskalt anfühlenden und von viel Staub bedeckten Gefäße aller Art als sehr bedrückend. Manche von ihnen waren von ihrem Inhalt her bei den Deckeln richtig verklebt. Wahrscheinlich hätte sie auch die Aufgabe erfüllen sollen, diese Raritäten an den verklebten Stellen lege artis zu säubern, doch darauf verzichtete sie freiwillig, und so blieb ihr auch deren geheimnisvoller klebender Inhalt verborgen.

Doch dann im hintersten Winkel des Gewölbes entdeckte sie einen schmalen Hängekasten mit der Aufschrift „Kosmetika". Das war es, was sie versöhnte mit dem unangenehmen, völlig isolierten Aufenthalt in der Kellerkälte. Kosmetika von einst entdeckte sie da, allerlei kunstvoll gestaltete Schächtelchen, angefüllt mit kompakten oder losen Pudersorten von blassem Rosa über Beige in vielen Nuancen bis zu leuchtendem Rouge für die Wangen, wohlriechende ätherische Öle, Parfums in dunklen, lichtgeschützten, sechs- bis achteckigen Glasfläschchen mit eingeschliffenem Stöpsel, verschiedenerlei Lippenstifte in ebenfalls sehr kunstvoll gestalteten kleinformatigen Metallhülsen boten sich ihrem Anblick und ihrem neugierigen Geruchssinn verführerisch dar. Eine Zauberecke hatte sie hier entdeckt. Jedes einzelne Stück war ein prachtvoll gestaltetes Unikat und stammte sicher aus längst verflossenen Tagen, vielleicht noch aus der Kaiserzeit, aus der Zeit der

Monarchie. Niemand verlangte heutzutage nach solchen Kostbarkeiten. Man kaufte Kosmetika in Drogerien und Parfümerien in den derzeit üblichen einfachen Ausführungen. Sie erkundete alles mit den Augen, mit den Fingerspitzen und mit der Nase und vergaß dabei die Kälte an Händen und Füßen und ihre Einsamkeit.

Dann wurde sie nach und nach in alle handwerklichen Tätigkeiten, die in einer Apotheke üblich waren und die es zum Teil heute noch sind, eingeführt. Sie lernte, wie man schmerzstillende Pulver herstellt, wie man einfache und komplizierte Salben rührt, wie man einen Zinkleim anfertigt, wie man Pillen und Zäpfchen macht, wie man Tinkturen bereitet und so weiter und schließlich durfte sie vorne an der Tara stehen, die Wünsche der Kunden und Patienten entgegennehmen - und auch erfüllen. Sie lernte, die manchmal recht unleserlichen Schriftzüge der Ärzte entziffern und durfte, vorerst unter Aufsicht der diensthabenden Magister, später dann auch schon in Eigenregie die vielfältigen, damals noch üblichen Rezeptvorschriften der praktischen Ärzte und der Fachärzte, die sogenannten Magistraliter-Verschreibungen anfertigen.

Nach ungefähr einem halben Jahr hatte sie das Empfinden, daß es für sie, die Wißbegierige kaum noch etwas Neues zu erlernen gab. Alles Manuelle war ihr zur Routine geworden. Um die Wirkungen, Auswirkungen und Nebenwirkungen der Arzneien zu ergründen, dazu fehlte ihr aber das nötige theoretische Wissen. Ihre Vorgesetzten, die approbierten angestellten Apotheker, bemühten sich wohl, sie auch in dieser Hinsicht in die Berufsausbildung einzuführen, aber es fehlte für umfassende Aufklärungsgespräche neben der vielen Arbeit, die so täglich anfiel, die entsprechende

Zeit. Es gab dann noch einen Nachmittag in der Woche einen Lehrkurs für Apothekerpraktikanten, in dem viel Chemie und Botanik gelehrt wurde und auch ein wenig Pharmakologie. Das war sehr wichtig für ihre Tätigkeiten und vermittelte ihrer Arbeit mehr Sinn und mehr Verständnis.

Aber - je mehr sie verstand und je mehr sie konnte, umso unzufriedener wurde sie und sie empfand die Entlohnung, die sie für ihre Leistung bekam, geradezu entwürdigend. Mit dem was sie verdiente, konnte sie bestenfalls die Straßenbahnkosten decken und sonst nichts mehr. Der Umstand, eine perfekte Arbeitskraft abgeben zu müssen und dennoch ihren Eltern im Sack zu hängen und infolge chronischen Geldmangels und karger Freizeit an allem Interessanten, was die Großstadt zu bieten hatte, vorbeileben zu müssen, gefiel ihr von Tag zu Tag weniger. Gottseidank gaben ihr die Eltern freiwillig das nötige Geld für Friseur und für Kleidung. So konnte sie wenigstens nach und nach ihre äußere provinzmäßige Erscheinung großstadtmäßiger verändern, was ihr sehr wichtig erschien und ihr Selbstwertgefühl bedeutend erhöhte.

Dennoch, die Art, wie ihre Jugendtage am Rande der großen Stadt abseits von allem Schönen, das sie kennenlernen wollte, im täglichen, unerfreulichen Einerlei dahingingen, bedrückte sie. Tag für Tag war sie acht Stunden im Arbeitsleben eingespannt, ohne noch viel dazulernen zu können. In der Früh fuhr sie vom zehnten Bezirk mit der damals so genannten Proletarier-Grottenbahn, das war die Straßenbahnlinie Sechs, in den elften Bezirk und am Abend fuhr sie auf dieselbe, umgekehrte Tour wieder nach Hause – ohne das nötige Geld in der Tasche, um abends noch etwas Angenehmes unternehmen zu können mit ihren Freundinnen, die sie inzwischen kennengelernt hatte. In ihrem Herzen wuchs der Groll gegen das Ausgenutztwerden im Dienst immer mehr. Sie wollte ausbrechen, wollte so nicht mehr weitertun. Sie wollte etwas Anderes studieren, vielleicht Latein und irgendetwas dazu. Aber für Latein hätte sie Griechisch gebraucht, das hatte sie in der Mittelschule nicht gelernt, denn sie hatte ein Realgymnasium besucht. Griechisch zu lernen von Grund auf, das wäre ihr wieder zu mühsam gewesen. Außerdem wußte sie nicht recht, wie sie das alles anstellen hätte sollen so mitten im Studienjahr. Es fehlte ihr dazu das nötige Wissen, aber auch die nötige Energie und der Mut, das Begonnene tatsächlich abzubrechen.

Da sie doch ab und zu am Abend ein Kino besuchte und so Bekanntschaft machen konnte mit den damals berühmten Filmschauspielerinnen, wuchs nun in ihrem Herzen der Wunsch und das Verlangen, auch eine Filmschauspielerin zu werden. Aber - wie sollte sie das wiederum anstellen? Sie wagte es auch nicht, über diesen ihren ausgefallenen Wunschtraum zu irgendjemandem zu sprechen. Sie dachte, jedermann würde sie ohnehin nur auslachen, war sie doch gar nicht schön genug, um sich solche Träume verwirklichen zu können. Doch sie dachte nur noch an den Film und haderte mit dem Schicksal, das ihr dabei nicht auf die Beine half.

An einem Sonntag im Mai des Jahres 1940 fuhr sie mit der Bahn nach Linz, um dort Bekannte zu besuchen. Als sie am Abend auf dem Bahnsteig stand, um wieder die Rückreise nach Wien anzutreten, mußte sie eine geraume Zeit auf den verspäteten Zug warten. Sie trug an diesem Tag ein türkisfarbenes Jerseykleid und einen weißen barettförmigen Strohhut. Sie bemerkte, daß ein junger Mann um sie herumschlich, eine lange Weile schon. Dann faßte er Mut und sprach sie einfach an. „Entschuldigen Sie, ich glaube ich kenne Sie, waren Sie nicht vor kurzem in der Schauspielschule, im Reinhardtseminar?" sagte er. Ihr Herz schlug plötzlich höher. ‚Schauspielschule!' so fuhr es ihr durch den Sinn, ‚Er meint, er hätte mich dort gesehen, also müßte ich doch dort hinpassen!' „Ja!" entgegnete sie lügend und lächelnd und ohne verlegen zu sein. „Ich habe kürzlich dort vorgesprochen bei einigen Professoren." Und er erwiderte, „Irgendwie sind Sie mir einfach aufgefallen damals. Das Kleid, der Hut und Ihre langen dunklen Haare und Ihr Blick!"

Der junge Mann wartete auf seinen Zug in Richtung Salzburg. Und als er so weiterredete über sein Reiseziel und über die Schauspielschule und sie fragte, wann sie die Absicht hätte, mit dem Unterricht zu beginnen, fuhr auch schon sein Zug auf der anderen Seite des Bahnsteigs ein, und er mußte einsteigen. In aller Eile überreichte er ihr seine Visitenkarte mit den Worten; „Bitte, rufen Sie mich doch einmal an in Wien, ich würde mich sehr freuen!" Sie nahm die Karte in ihre weiß behandschuhte Hand, und schon fuhr auch ihr Zug in Richtung Wien ein. Sie stieg ein, fand einen guten Platz und jubelte in sich hinein – immerzu, minutenlang: "Ich sehe aus, als würde ich die Schauspielschule besuchen!" Dann erst wollte sie einen Blick auf die Visitenkarte dieses Fremden werfen, der ihr soviel Selbstwertgefühl eingeflößt hatte. Und da mußte sie feststellen, daß sie die Karte verloren hatte. Wahrscheinlich vor lauter freudiger Aufregung schon beim Einsteigen am Bahnsteig. Eigentlich war ihr dieser Verlust gleichgültig. Wenn er nicht ein berühmter Mann dieser Schauspielschule gewesen wäre und dafür schien er ohnehin viel zu jung zu sein, hätte sie ihn sowieso auf keinen Fall angerufen. Was im Augenblick für sie zählte, war: ‚Ich sehe aus wie eine Schauspielschülerin – und nicht wie eine Apothekerpraktikantin!'

Die Tage gingen dahin. Sie arbeitete wie immer emsig in der Apotheke. Aber sie wollte eines Tages ausbrechen. Denn schließlich sah sie doch aus wie eine, die Schauspielerin werden wollte. Gewiß, sie würde eine große Filmschauspielerin werden, wie zum Beispiel Hilde Krahl oder Paula Wessely - aber, so hübsch wie diese war sie ja nicht! Oder vielleicht wie Jane Tilden – aber die wiederum konnte so wunderbar tanzen und dazu singen. Das war nun wieder auch nicht gerade ihre persönliche Stärke – dennoch, sie würde eine große Schauspielerin werden. Nicht wie irgendeines ihrer Vorbilder, sondern eben eine Schauspielerin, die ganz sie selbst war – mit all ihren endlich entdeckten, bisher noch brachliegenden Talenten. Ach, wie herrlich müßte so ein Leben sein! Alle diese Gedanken nahmen ihr Herz und ihren Sinn gefangen und verdrehten ihr den Kopf.

Mittlerweile wurde der Vater krank, das heißt, eigentlich war er ja schon seit Jahren kränklich, aber nun wurde sein Krankheitszustand ernster. Er sah sehr schlecht aus und sagte, er hätte das Empfinden, daß sich etwas in seiner Magengegend auflösen und absterben würde. Sie war verzweifelt. Wenn sie es ihm jetzt in diesem Zustand antäte, auszubrechen, die begonnene, von ihm so sehr geschätzte solide Berufslaufbahn abzubrechen, um Filmschauspielerin zu werden, dann würde er sterben – auf der Stelle tot umfallen vor Schrecken und vor Enttäuschung. Sie fuhr jeden Sonntag nach

Hause und brachte ihrem Vater alle Medizinen, die gut und teuer waren, die ihn stärken und ihm helfen sollten. Aber es half nichts mehr. Sein Zustand wurde immer bedrohlicher.

Es war an einem düsteren Regentag anfangs Juni 1940. Sie saß in der Apotheke, etwas abseits vom Kundenverkehr und fabrizierte schmerzstillende Pulver ohne Zahl. Das Wetter legte sich stark auf ihr Gemüt. Es ging ihr schlecht. Sie war noch unglücklicher und noch unzufriedener mit ihrem derzeitigen Los als je zuvor. Sie arbeitet mit Fleiß, aber ohne Freude und sah kaum noch einen Sinn in ihrer derzeitigen Tätigkeit. Auch des Vaters schlechter Gesundheitszustand bedrückte sie sehr. In ihrem Herzen war es dunkel. Ein Gefühl der Trostlosigkeit, der Ausweglosigkeit, der Sinnlosigkeit ihres derzeitigen Daseins nahm ihre Seele gefangen. Sie war voller Weltschmerz. Das Telefon klingelte. Der Anruf galt ihr. Der Arzt des Vaters teilte ihr telefonisch mit, sie möge sofort nach Hause kommen, denn der Vater liege im Sterben. Plötzlich hatte sie alle ihre ganz persönlichen Sorgen vergessen, plötzlich erfüllte nur noch des Vaters naher Tod ihr Herz, und plötzlich wurde es ihr klar, daß sie es ihm schuldig war, ihr begonnenes Berufsziel bis ans Ende zu verfolgen, es erreichen zu wollen.

Der Vater starb. Sie empfand tiefes Leid darüber. Ihre persönliche Berufs- und Seelenkrise, der heimliche Wunsch, Schauspielerin zu werden, ihre Verbitterung darüber, als Arbeitskraft ausgenützt zu werden – dies alles wurde immer kleiner, immer unbedeutender. Bald fand sie für sich heraus, daß es gewiß wunderschön wäre, eine berühmte Filmschauspielerin zu sein, daß aber, eine berühmte Filmschauspielerin zu werden, für sie, die zwar musikliebend war, aber weder ein absolutes Gehör noch eine gute Stimme besaß, die zwar alles zu Lernende, was man ihr abverlangte, leicht begriff, aber kein besonderes Talent zum Auswendiglernen von Texten hatte, doch nur ein Jungmädchentraum war und nicht der geeignete Lebensweg für sie sein würde.

Sie gewann schließlich ihrer Arbeit neue Freuden ab. Selbst die Fahrt mit der Proletarier-Grottenbahn bedrückte sie kaum noch. Im Gegenteil, der Wiener Arbeiter-Jargon, für den sie mittlerweile ein offenes Ohr bekommen hatte, belustigte sie bisweilen, und manchmal nahm sie regen Anteil an den Sorgen vergrämter Arbeiter, welche ihnen ins Gesicht geschrieben standen. Sie hörte ihnen zu, sprach mit ihnen und sah ein, daß es ihr eigentlich trotz allem recht wohl erging. Nach einiger Zeit wurde ihr von einem bekannten Mittelschulprofessor ein Schüler überantwortet, der absolut kein Verständnis für Latein aufbringen wollte und vor der akuten Gefahr des Durchfallens stand. Sie gab ihm jeden Abend und sonntags Nachhilfestunden, und siehe da, er schaffte es. Er fiel nicht durch. Seine Eltern entlohnten sie großzügig für ihre Mühe. Und – es geschah etwas gänzlich Unerwartetes, Unvorhergesehenes. Ihr Chef zeichnete sie ganz besonders aus durch sein persönliches Lob. Bald darauf erhöhte er ihr Gehalt, freiwillig und ohne sich an die üblichen Grenzen und Vorschriften zu halten, großzügig. Sie bekam dann auch eine nette junge Kollegin, eine Anfängerin, die sie nun in ihre berufliche Tätigkeit einführen durfte, und mit der sich in kurzer Zeit eine innige Freundschaft entwickelte.

Im Burgtheater und in der Oper war sie, zwar immer noch am Stehplatz oder auf billigen Sitzen, viel öfter zu

Gast als früher und im Apollo-Kino und in der Scala, dem vornehmen Kino in der Favoritenstraße im vierten Bezirk, war sie Stammgast geworden. An Sonntagen ging sie vormittags entweder zu Festgottesdiensten in die Hofburgkapelle, wo die Wiener Sängerknaben ihre Kunst ausübten oder in den Stephansdom oder in die Augustinerkirche. Zu solchen Anlässen zog man sich damals ‚für die Stadt' stets fein und nobel an. Hut und Handschuhe durften zu keiner Jahreszeit fehlen. Nachmittags machte sie öfter mit ihren Freundinnen Ausflüge auf den Cobenzl, auf den Kahlenberg oder in den Prater. Besonderen Spaß machte es ihr, sich zum Fünfuhrtee im vornehmen Café Herrenhof oder im eleganten Hübner Stadtparkcafé einzufinden, wo fleißig getanzt wurde, und sie sich immer köstlich unterhalten konnte.

Überwunden war ihre ganz persönliche Krise. Eine recht schöne, angenehme Zeit war nun für sie angebrochen, doch diese währte so ungetrübt in ihrer ganzen Fülle nicht allzu lange. Längst schon hatte Hitler, dem leider zu dieser Zeit auch ihre Begeisterung galt, mit seinen kriegerischen Überfällen begonnen. Nach und nach mußten ihre Brüder, ihre Schwäger, ihre Cousins und viele ihrer Bekannten zum Militär und auch zum Kriegsdienst einrücken. Auch wurden dann schon Lebensmittelmarken eingeführt. Onkel und Tante betrieben ein Delikatessengeschäft und mußten abends fleißig Marken kleben. Und dennoch ahnte damals kaum noch jemand den Schrecken, der im Laufe der Zeit immer mehr das Land und seine Menschen heimsuchte.

Ein nächtlicher Überfall

Immer ist es aufregend, alljährlich, wenn meine Drei ihre Koffer packen und ihre Reise nach Spanien antreten, um von dort nach einem dreiwöchigen Aufenthalt nach Japan zurückzukehren. ‚O Gott, wiederum zurück nach Tokio! Immer wieder, seit Jahren schon, Jahr für Jahr nach ihrem Sommerurlaub im Westen so weit weg in den Fernen Osten, in ein Land, das erdbebengefährdet ist, und so weiter und so weiter ...' so denke ich.

Um halb neun Uhr am Abend erst bin ich vom Flughafen zurückgekommen, ein wenig bedrückt und verstört halt. Herbert und Marianne haben mich getröstet. Sie meinen, es wäre für meine Kinder ohnehin schon das letzte Jahr, das sie da drüben verbringen werden. Sie glauben das. ‚Aber wer weiß es schon so sicher?' denke ich.

Ich ziehe die Bettwäsche ab, räume weg, was da alles so herumliegt in der Wohnung, bringe die Küche in Ordnung. Morgen, pünktlich um acht Uhr früh wird der Heizkesselüberprüfer kommen, um das Innere meines Gerätes zu überprüfen und zu reinigen. Meine Gedanken wollen gar nicht zur Ruhe kommen. Die Arbeit will auch kein Ende nehmen. Ich mache einen Blick auf die Uhr. Es ist beinahe dreiundzwanzig Uhr dreißig, höchste Zeit für mich zu Bett zu gehen. Zur Sicherheit nehme ich heute eine Beruhigungstablette, damit ich rascher einschlafen werde. Meinen Wecker stelle ich auf sieben Uhr früh. Ich öffne alle Fenster, es ist heiß und schwül in der Wohnung, aber die Nacht ist klar und wird hoffentlich ein wenig Abkühlung bringen. Ich schließe fest alle Türen, vor allem die Küchentüre und die Vorzimmertüre, die in eine Garderobe führt, durch die man wiederum durch eine Türe in mein Schlafzimmer gelangt. Und zur Sicherheit verstopfe ich meine Ohren mit Ohropax, um beim weit geöffneten Fenster hinreichend geschützt zu sein gegen Lärm von außen. ‚Alles ist ruhig und still wie ein Grab'. Dieses Wiegenlied fällt mir eben ein. Ich höre auch wirklich nichts mehr, keinen Straßenlärm, keinen Nachbarslärm., keinen Lärm vom Stiegenhaus, gar nichts. Ich muß ganz rasch eingeschlafen sein, und mein Schlaf war tief.

Da, o Schreck! Plötzlich steht ein junger Mann vor meinem Bett, und alle Lichter brennen. Erst glaub' ich, daß ich träume, daß ich eine Erscheinung habe, ein paar Sekunden lang. Doch dann erschrecke ich vor der Wirklichkeit, bin starr vor Angst und Schrecken, denke an einen Einbrecher, erkenne aber schließlich in dem jungen, hochgewachsenen, ruhig wirkenden Mann einen Polizisten ohne Jacke, ohne Kopfbedeckung, denn die Nacht ist schwül. Er spricht mich mit lauter Stimme an. Trotz Ohropax in meinen Ohren verstehe ich jedes Wort ganz genau. „Bitte nicht erschrecken! Wir mußten in Ihre Wohnung mithilfe der Feuerwehr eindringen, weil Sie schlafen gegangen sind, ohne Ihr Radio in der Küche abzudrehen. Wieso haben Sie überhaupt bei offenem Fenster das Radio so laut aufgedreht, daß man es in der ganzen Umgebung, gut zwei Gassen weiter noch hören konnte? Und klassische Musik auch noch dazu. Das ist um diese Zeit nicht gerade jedermanns Sache! Also, der Lärm war mehr als arg. Sind Sie vielleicht schwerhörig? Der Nachbar hat lange ganz fest an Ihre Wohnungstüre geklopft, hat Sie telefonisch angerufen – alles war vergebens. So hat er schließlich die Polizei zu Hilfe gerufen. Es hätte ja auch ein Unfall passiert sein können."

Ich bin fürs Erste zutiefst erschrocken, bin fassungslos, beinahe sprachlos, weiß nicht, wie mir geschieht. Schließlich springe ich aus dem Bett, nehme diskret meine Ohropax aus den Ohren und sage kleinlaut: „Bitte, erklären Sie mir das alles nochmals. Es ist unmöglich, ich drehe immer mein Radio ab, wenn ich mich schlafen lege!" Geduldig erzählt er mir alles nochmals und betont kategorisch, daß ich eben diesmal vergessen habe, das Radio auszuschalten. Im Vorzimmer stehen noch zwei Polizisten, und ein paar Feuerwehrleute werken an meinem Türschloß herum. Ich war völlig durcheinandergeraten. So eine Bescherung – mitten im besten Schlaf, den ich so nötig gebraucht hätte. Ganz schön eingeschüchtert von den Äußerungen des Polizisten und zugleich auch voller Schuldgefühle stottere ich ganz unterwürfig daher: „Mein Gott, es ist mir so peinlich, so unangenehm, wirklich. Daß mir das passiert ist, na so was! Es tut mir aufrichtig leid, daß ich sie da herbemühen mußte, mitten in der Nacht. Entschuldigen Sie, bitte!"

Ich bin verzweifelt über mich selber und denke mir: ‚Bin ich denn schon so verblödet, daß ich das Radio auszuschalten vergessen habe? Anscheinend ja! Diese

Tatsache ist ja viel entsetzlicher als der ganze Wirbel, der damit ausgelöst worden ist!' Dann frage ich aufgeregt: „Wie ist das jetzt mit meinem Türschloß, kann ich nun wieder zusperren.?" „Natürlich, da ist ihr altes Schloß, das wir ausgebaut haben und für das neue, das wir eingebaut haben, sind hier drei Schlüssel. Die Rechnung, circa dreihundert Schilling für Schloß und Schlüssel, wird Ihnen in zwei Wochen zugesandt. Bis dahin können Sie sich entscheiden, ob Sie dieses Schloß behalten wollen, oder ob Sie vielleicht Ihr altes wieder einbauen lassen. Das wird aber kostspieliger sein, circa zweitausend oder dreitausend Schilling, soviel uns bekannt ist. Ihren Namen bitte, Uhrzeit ein Uhr dreißig, und hier, bitte, Ihre Unterschrift. Wir haben ohnehin gleich den Radiostecker herausgezogen, jetzt kann nichts mehr passieren. Schlafen's ruhig weiter!"

Ja, aber so einfach geht das nicht nach so einem Überfall bei einer alten, mitten im besten Schlaf aufgescheuchten Frau. Ich leg' mich wieder ins Bett. Wieso war mir das passiert? Ich grüble nach, bin immer noch ganz entsetzt über meine Vergeßlichkeit, kann natürlich vor lauter Aufregung und Selbstvorwürfen nicht mehr einschlafen. Endlich, es dauert eine geraume Zeit, wird mein Geist wach. Ich beginne alles zu überdenken, was ich vor dem Schlafengehen getan habe – und da fällt mir auch schon ein, daß ich dieses superkleine Zauberwerk von Radio, circa fünfzehn Zentimeter mal zehn Zentimeter, doch abgedreht habe. Nun weiß ich es ganz bestimmt. Ich habe danach noch kurz überlegt, ob ich zur Sicherheit nicht noch den Stecker herausziehen sollte, doch diesen Gedanken hab' ich verworfen, weil dieses Wunderding auch die genaue Uhrzeit eingebaut hat, und die sollte bestehen bleiben. Ja, ich hab' das Radio ganz bestimmt abgedreht! Ich besinne mich genau, auf der linken Seite ist der Schalter, und den habe ich abgedreht. Dann habe ich es ein Stück weiter nach rechts geschoben, hinüber zum Küchenkastl, damit es auf der Arbeitsfläche für den Kesselüberprüfer, der dort seine Arbeit verrichten wird, ja kein Hindernis darstelle. Ich entsinne mich nun, daß ich da auf der rechten Seite etwas verdreht habe. Vielleicht war das die Lautstärke, aber was soll's, der Schalter auf der linken Seite war ja abgedreht, und der Apparat war danach auch sofort verstummt.

Es läßt mir keine Ruhe. Ich hole nun eilends das Radio herbei, setze meine Brille auf und untersuche dieses Zaubergerät eingehend. Da ist auch schon des Rätsels Lösung: O Gott, dieser kleine Schalter hat gleich drei Verstellmöglichkeiten. Ich lese: „On, Off, Auto." Der Schalter steht nicht auf ‚Off', er steht auf ‚Auto'. So also hat sich diese Wunderding von selber wieder eingeschaltet. Die Drehscheibe rechts birgt in sich die Lautstärke, und diese hab' ich ja aus Versehen verdreht. Und daneben befindet sich die Uhrzeit der Selbsteinschaltung. Ogottogott, ich merke, daß mich die Technik ganz schön überrollt hat. Ich grolle einen Augenblick lang meiner Tochter, die mir dieses winzige moderne technische Wunder von einem Radio gegen meinen alten, nicht mehr so rein und schön klingenden, aber völlig unkomplizierten Apparat ausgetauscht hat, ohne mir die genaue Beschreibung, die Gebrauchsanweisung, in die Hand zu drücken. Was diese Jungen einfach so alles voraussetzen bei uns Alten! Dennoch, ich beruhige mich wieder. So war es eben die Technik, die mich überrollt hat. Es war also nicht mein Gedächtnis, das mich verlassen hat, und es war nicht meine Vergeßlichkeit, die an allem schuld war.

Um halb acht in der Früh greife ich zum Telefonhörer, rufe bei der Polizei an, ich will mich rechtfertigen, den Zwischenfall genau darstellen, den wahren Sachverhalt mitteilen. So erkläre ich dort dem Beamten, daß diese heute nacht von meinem Radio verursachte Ruhestörung nicht infolge meiner Vergeßlichkeit entstanden ist, sondern daß es einfach die moderne Technik war, die mich überrannt hat, und so weiter, und so weiter.

Der Beamte bemerkte mir gegenüber gelassen mit echtem Wiener Charme; „Oba gnä' Frau, Einsotz is' Einsotz, so oda so! Dafia samma jo do, die Polizei, Ihr Freund und Helfer! Duan Sa si' do nix oh'n, reg'n S' Ihna do ned auf weg'n den. Des kost Ihna jo sowieso nix außa d'Schliss'l mid'n neich'n Schloß! Gnä' Frau, bitt' schen, derf ma frog'n, wia oid san S' denn eigentlich?" „Im dreiundsiebzigsten", sage ich kleinlaut. „Aber wozu ist das für Sie so wichtig?" frage ich. „No oiso", so seine trostreiche Entgegnung, „do is' jo ka Wunda, wonn S' amoi auf wos vagess'n oda wonn S' Ihna hoid bei de modernan Apparate ned auskennan. San S' froh, daß nix ondas passiad is, zum Beispü', daß Ihna ned da Schlog troff'n hod, und daß S' am End' goa in da Bodwonn' dasoff'n wa'n! Homma ollas scho' g'hobt – glau'm S' ma 's, gnä' Frau!"

Wiederbegegnung im Waldviertel

Wie sonderbar, wie seltsam manchmal die zufälligen Begebenheiten des Lebens sind! Oder wollen wir es Schicksal nennen, all das Gute und Schlechte, das ein großer Gott, irgendein allmächtiges Wesen eben, über unser Dasein verhängt? Wir schreiben Ende November des Jahres 1994.

Heute ist ein selten freundlicher Spätherbstnachmittag. Ich lehne am Fenster in einem Zimmer des Krankenhauses Zwettl. Wie habe ich mich doch gesträubt, hierherkommen zu müssen. Ich kenne diese große Kleinstadt ziemlich genau, mit allen ihren Sehenswürdigkeiten und ich habe auch längst schon die wunderschöne Umgebung erwandert. Nur um die Gegend des Krankenhauses habe ich stets einen großen Bogen gemacht. Das Unglück aber wollte es, daß ich nun doch vor einigen Tagen hier gelandet bin. Meine Blicke schweifen nun in die nahe Ferne, eine Straße entlang, die sich über einen Hügel zum Horizont hinschlängelt zu einem Ort, von dem ich gerade noch ein paar Dächer und den Kirchturm erblicken kann. In diesem Marktflecken wurde einst vor siebenundsiebzig Jahren ein

Mensch geboren, der, obwohl im Krieg mit fünfundzwanzig Jahren umgekommen, immer noch in meiner Erinnerung weiterlebt.

Ich nehme Papier und Feder zur Hand und schreibe meine Gedanken auf, die gerade heute und hier besonders lebendig in mir sind und mich nicht loslassen wollen. Es war Krieg, eine schreckliche Zeit, an die ich mit Wehmut und Trauer aber dennoch auch mit Freude zurückdenke. Wir lernten uns damals in Wien kennen, verliebten uns ineinander und hofften fest, das Glück auf unserer Seite zu haben. Er liebte seine Heimat, war mit ihr verbunden, in ihr verwurzelt, obwohl er das Klima als ein rauhes und alles das, was die Erde hervorbrachte, als karg empfand und, obwohl es ihm, der gerne in die Berge ging, klar war, daß die sanfthügelige Wald-, Wiesen- und Felderlandschaft nicht mit der großartigen und gewaltigen österreichischen Bergwelt vergleichbar war.

„Das Waldviertel", sagte er, „offenbart sich nur dem, der mit offenen Augen und offenem Herzen die Wunder der Schöpfung in den kleinen Dingen des Lebens sucht und findet. Zum Beispiel in einem Vogel, der hoch in den Lüften sein Lied trällert, in einer Wiesenblume, die ihren Blütenkopf öffnet, in einem Schmetterling, der von Blume zu Blume flattert, in einem Sonnenstrahl, der sich seinen Weg durch den dichten Wald bahnt und mit seinem Glanz die Dunkelheit erhellt, in einem Birkenhain mitten in einer Waldblöße, der besticht durch seine hellen schlanken Baumstämme und seine zahllosen fächelnden Blattherzen, in einem Bächlein, das im Wiesengrund dahinplätschert." „Ach Gott", fügte er hinzu, „es gibt so vieles dort, das einen verzaubert. Wir wollen es gemeinsam erleben."

Zu dieser Zeit kannte ich das Waldviertel nur aus dem Schulunterricht. Es wurde uns viel vom Bandlkramerlandl erzählt, aber das wirklich Schöne, das Anziehende, das Erlebenswerte der Landschaft, das hinter den Kulissen der damals recht blühenden Textilindustrie verborgen war, das blieb unerwähnt. Mit seinen zahlreichen Aufnahmen wollte er meine Begeisterung für sein Waldviertel erwecken. Oft waren es nur einfache heimatliche Motive, die er gekonnt mit Wolkenstimmungen, Licht- und Schattenreflexen einzufangen verstand. Alles was er fotografierte, strahlte Lebendigkeit aus. Ja, es gelang ihm sozusagen, in seinen Bildern selbst Steinen, verwelktem, abgefallenem Laub und vermodertem Holz Leben einzuhauchen. Ich empfand es so.

Er fotografierte die Thayaquelle, so wie sie sich damals darbot. Heute ist allerdings alles anders dort. Das ursprüngliche, bescheidene Aussehen des Platzes am Waldrand, an dem die Thaya entsprang, mußte einem modernen Rastplatz weichen, der gewiß recht mühevoll gestaltet wurde vom zuständigen Verschönerungsverein, in bester Absicht natürlich – als Fremdenverkehrsattraktion. Er hatte das Rinnsal, das nach und nach in seinem Lauf zu einem Bach, schließlich zu einem mäanderreichen Fluß anschwoll, mit seinem Fotoapparat verfolgt. Die so ungemein romantische Bach- und Flußlandschaft mit ihren Wiesen und Wäldern und den alten Mühlen, mit ihren steilen Felsen am Ufer, auf denen hoch oben Schlösser, Burgen und Ruinen emporragen, hatte er in seinen Bildern festgehalten. Wir wünschten uns damals nichts sehnlicher, als in seinem nächsten Heimaturlaub gemeinsam Hand in Hand, zu Fuß, per Rad oder per Eisenbahn dieses herrliche Landschaftsparadies zu durchstreifen, zu erkunden, zu erleben.

Doch es kam eben anders. Dort, woher mir heute die Dächer der Häuser sonnenüberstrahlt entgegenleuchten, dort verlebte er eine glückliche Kindheit und eine unbeschwerte Jugendzeit während seiner Ferientage. Doch dann mußte er im grausamen Kriegsgeschehen sein junges, wertvolles Leben lassen. Wie sonderbar, daß ich jetzt so ganz in der Nähe bin und hinüberschaue zum Kirchturm, unter dem sich um die Kirche herum der Friedhof befindet. Auf dem Grabstein seiner Eltern sind zum steten Gedenken auch seine Daten eingraviert. Alles was an ihm sterblich war, ruht nicht dort in dieser Erde, sondern ist, weiß Gott, irgendwo in russischem Boden zu Staub geworden. Als ich ihn verlor, starb auch gleichzeitig der Wunsch in mir, jemals in meinem Leben sein Waldviertel kennenlernen zu wollen. Er war es, der in mir die Sehnsucht nach diesem Stück Erde erweckt hatte, und nur mit ihm wollte ich alle diese Naturschönheiten erleben, in mich aufnehmen, in meiner Seele festhalten. Ohne ihn wäre mir das unvorstellbar und - vor allem - pietätlos erschienen. Zu dieser Zeit hätte ich es mir nicht träumen lassen, später einmal ausgerechnet ins Waldviertel, ins Thayatal verschlagen zu werden. Seltsamerweise aber kam es so – einst vor fünfunddreißig Jahren.

Ich erinnere mich noch so lebendig an meinen ersten Ausflug, den ich von meinem neuen Zuhause aus in die nähere Umgebung unternahm. Der Weg führte über Wiesen, Wege, Stege und Straßen an Dörfern vorüber in einen Wald, und als ich aus dem Wald heraustrat, bot sich mir ein faszinierender Anblick dar: Unten im Tal die Thaya, am Ufer ein paar Häuser verstreut, drüber ein hoher weiter gewaltiger Fels, auf dem sich eine ebenso gewaltige Ruine ausbreitete. Ich war wie verzaubert. Ich setzte mich auf einen breiten Holzblock und starrte unentwegt auf dieses märchenhaft schöne Naturgemälde vor meinen Augen. Es kam mir so vertraut vor. Da fiel es mir auch schon ein, daß ich dieses Bild als schwarzweißes Foto vor langer Zeit schon einmal bewundert und in meine Seele aufgenommen habe. Ja, es muß genau an dieser Stelle entstanden sein. Er hat es mir damals geschenkt, weil es mich so sehr begeistert hat.

Plötzlich verschlang die Vergangenheit alles Gegenwärtige, wurde selbst zur Gegenwart, und plötzlich war es mir, als ob ich hier nicht allein säße, als ob seine, mir so wohlbekannte Stimme in mein Ohr flüsterte, „Wie schön, wie wunderbar, daß wir gemeinsam den Blick auf diese Ruine in natura, in Farbe erleben dürfen!" So saß ich da eine ganze Weile, traumverloren, im Reich meiner Erinnerung gefangen, der Realität vollends entrückt. Ich empfand mich nicht mehr als die, die ich geworden bin, nein. Ich fühlte mich so jung wie einst, so als ob die inzwischen vergangenen siebzehn Jahre mit ihren Ereignissen gar nicht stattgefunden hätten. Ganz still wurde es in mir und rings umher. Nur das Rauschen der Thaya beim nahen Wehr begleitete meine Empfindungen. Es war mir, als ob unsere Gedanken und unsere Gefühle füreinander sich wiederbegegneten, einander trafen im großen Glückserleben des Liebens und Geliebtwerdens. Doch dann mit einem Mal drangen Kinderstimmen an mein Ohr, verscheuchten Traum und Phantasie. Die Wirklichkeit meines gegenwärtigen Lebens hatte mich wieder. „Bitte, Mutti, wir wollen nicht länger hier still herumsitzen, wir möchten ...".

Mittlerweile habe ich es kennen-, verstehen und lieben gelernt, das Waldviertel in seiner Vielfalt, in seiner Rauheit und Kargheit, aber auch in seiner Üppigkeit, in seiner Urtümlichkeit, seiner Unberührtheit, mit seiner Harmonie verströmenden Ausgeglichenheit der Landschaft, mit seinem romantischen Thayatal, seinen wunderbaren Wanderwegen und auch mit seinen vielen Sehenswürdigkeiten, den Burgen, Schlössern, Ruinen, den eindrucksvollen Stiftsgebäuden, die allesamt Zeugnis von einer großen Vergangenheit geben und die die Gegenwart prägen.

„Was, drei kleine Kinder?"

Sie steigt in Begleitung einer Arbeitskollegin in einen
Waggon eines Zuges der Franzjosefsbahn in Richtung
Wien ein. Der frühe Morgenzug ist zwar nicht übermä-
ßig besetzt, jedoch ein freies Abteil gibt es nicht mehr.
So nehmen die beiden Frauen, sie sind mittleren Alters,
in einem Nichtraucherabteil platz, in dem einer der
Plätze schon besetzt ist. Sie sind guter Laune, unterhalten sich eifrig und angeregt über Vergangenes, über
Gegenwärtiges, über Gott und die Welt. Sie ist eigentlich normalerweise ein Morgenmuffel, war es immer
schon. Doch heute, an einem Tag zu Beginn des Früh-
jahrs des Jahres 1960, ist es anders. Heute genießt sie
förmlich die frühen Morgenstunden. Schon der Weg
zum Bahnhof bereitete ihr großes Vergnügen. Es war
still auf der Straße, kein Auto, auch kein Traktor störte
die Ruhe, die Vögel zwitscherten ihre Morgenlieder,
während die Sonne morgenrot aus dem Horizont ins
Firmament emporstieg. Die Natur erwachte, und überall
roch es nach Frühling.

Während der Fahrt nach Wien wird also viel gelacht
und viel geredet von den beiden Kolleginnen. Visavis

von ihnen sitzt ein Herr im Alter von ungefähr fünfzig Jahren. Sie streift ihn mit ihrem Blick. „Gut angezogen ist er", denkt sie, „aber ansonsten ...". Sie bemerkt, daß er ihnen immer aufmerksamer sein Interesse schenkt. Verbindlich lächelnd bemüht er sich, ab und zu eine passende oder auch manchmal eine etwas unpassende Bemerkung in das Gespräch der beiden Kolleginnen einzuwerfen. Sie denkt: ‚Wenn nun meine Kollegin in Sigmundsherberg aussteigt, bin ich wahrscheinlich seiner Neugierde völlig ausgeliefert. Wahrscheinlich wird er versuchen, Näheres über meine Kollegin zu erfahren, oder aber sollte sein Interesse vielleicht gar mir gehören? Auf jeden Fall wird seine Neugierde mein gutes Morgengefühl verderben, das sehe ich schon kommen.'

Die Kollegin steigt aus. Der Mann visavis ist anscheinend froh darüber, denn nun beginnt er auf die Zurückgebliebene unentwegt einzureden und sie auszufragen. Nicht über die Kollegin, nein, über sie selbst will er alles Mögliche wissen. Er will sie einladen, gleich am kommenden Sonntag, zu einer Fahrt auf dem Fluß zur romantischen Ruine, in seinem Boot. Sie: „Ihr Vorschlag ist gewiß sehr nett, aber ich kann ihn nicht annehmen, ich kann ja nicht einmal rudern." Er sagt, daß dies nicht nötig wäre, er würde schon allein das Ruder in die Hand nehmen. Sie erklärt ihm, daß dies aber trotzdem nicht möglich sei, denn sie habe, beruflich gesehen, nur ab und zu ein paar freie Wochentage, habe aber an Sonn- und Feiertagen immer Bereitschaftsdienst, und es sei ihr daher nicht gestattet, stundenlang wegzubleiben. Er will wissen, welchen Beruf sie denn ausübe. Sie läßt ihn raten. Er kommt nie darauf. Er bettelt weiter und weiter, sie möge ihm doch während ihrer freien Tage ab und zu ein paar Stunden schenken für gemeinsame Ausflüge und Bootsfahrten.

Wäre ihr an seiner Gesellschaft etwas gelegen, hätte sie es trotz ihrer mannigfaltigen Pflichten schon fertig gebracht, ab und zu ein wenig Zeit für ihn zu erübrigen, aber da er keinen entsprechenden Eindruck auf sie macht, bleibt sie hart in ihrer Ablehnung seinen Vorschlägen gegenüber. Da gibt er seiner Vermutung Ausdruck, daß sie ohnehin einen Freund habe. Sie verneint dies. In der Meinung - er ist sehr selbstbewußt – sie würde sich aus Bescheidenheit oder ähnlichen Beweggründen zieren, redet er weiter, beharrlich auf seinem Angebot, die herrlichen Naturschönheiten mit ihm zu genießen, bestehend, auf sie ein. Am liebsten hätte sie ihm gesagt, „Lassen Sie doch endlich ab von ihren lästigen Bemühungen, ich habe wirklich kein Interesse an Ihnen!" Doch das wäre ihr zu brutal erschienen. Da bleibt ihr nun keine Wahl mehr, als ihm die volle Wahrheit ihrer Lebensumstände mitzuteilen.

So erklärt sie ihm, daß sie neben ihrem Beruf, der sie zeitmäßig durch dauernde Anwesenheitspflicht sehr in Anspruch nimmt, auch noch für drei kleine Kinder im Alter von zwei bis sechs Jahren zu sorgen habe, und daß daher für sie keine Zeit bleibe für Bootsfahrten und Ausflüge ohne ihre Kinder. Er erblaßt förmlich, stottert: „Was, drei kleine Kinder? Sie haben drei kleine Kinder? Ist das wahr? Sie tragen keinen Ehering!" Sie: „Ich habe keinen mehr." Er: „Allein müssen Sie die Kinder großziehen? Wie schrecklich!" Sie: „Bis jetzt finde ich diese Aufgabe zwar anstrengend, aber dennoch schön!" Er: „Ja, aber diese große Verantwortung. Ich habe schon einen zwanzigjährigen Sohn, und seine Erziehung war Aufgabe genug für mich!"

Mittlerweile ist der Zug am Franzjosefsbahnhof angekommen. Von ihrem Geständnis getroffen, hat sich seiner sofort ein Sinneswandel bemächtigt. Es gibt keine weiteren Fragen mehr, schon gar keine weiteren Bitten. Die romantische Bootsfahrt auf dem Fluß, die Burg, die Ruine sind seinem Wunschdenken in bezug auf ihre Gesellschaft offenbar für immer entschwunden. „Darf ich Sie bis zu Ihrem Haustor begleiten? Sie sagten vorhin, Sie wohnen nur zehn Minuten weit weg vom Bahnhof. Ich würde Ihnen gerne bei Ihrem Gepäck behilflich sein." Sie nimmt seine Hilfe an. „Leben Sie wohl! Ich wünsche Ihnen alles Gute für die Zukunft!" sagt er, nicht ohne ihr noch einen kurzen mitleidsvollen Blick zuzuwerfen, stellt ihr Gepäck beim Haustor ab und empfiehlt sich eilends für immer.

Das Nichtgenügend

Es war mir niemals während meiner langen Schulzeit gelungen, auf irgendeine Haus- oder Schularbeit oder auf eine mündliche Prüfung ein Nichtgenügend zu bekommen. Warum sollte ich es auch, war ich doch immer halbwegs gut vorbereitet auf das Wissen, das man so uns Schülern abverlangte, wie es sich für eine gewissenhafte Gymnasiastin geziemte. Als ich schließlich zur Matura kam, stellten sich plötzlich in meinem jungen Leben Terminschwierigkeiten ein. In solchen Fällen sollte man Prioritäten setzen, sagt man. Ich setzte sie, aber nicht auf die richtige Art.

Es war zur Faschingszeit des Jahres 1939. Ich wollte unbedingt auf meinen ersten Ball gehen. Unglückseligerweise fand der aber gerade in der Nacht statt, nach der wir am folgenden Tag Französisch-Matura hatten. Unser Vater war sehr streng, er hätte es mir unter keinen Umständen erlaubt, während der Schulzeit einen Ball zu besuchen – und dies schon gar nicht ohne elterliche Begleitung mit einer Schar junger Leute. Aber ich hatte mir dieses Unterfangen fest in den Kopf gesetzt. Unsere Mutter war uns Kindern gegenüber wesentlich großzügiger und verständnisvoller. So klärte ich sie vertrauensvoll über mein Vorhaben auf. Mit ihrer Hilfe gelang es mir, meinen Plan zu verwirklichen. Ich wußte von vornherein, daß dieses Ballfest bis in die Morgenfrühe dauern würde und so bat ich sie, die ja täglich schon um halb sechs Uhr früh mit ihrem häuslichen Tagewerk in der Küche begann, mich nach einem kurzen Klopfen beim Küchenfenster durch's Schlafkammerfenster ins Haus hereinsteigen zu lassen. So konnte ich mit Mutters Hilfe den gestrengen Herrn Vater kurzerhand umgehen.

Daß ich aber gleich anschließend ohne zu schlafen zur Bahn marschieren mußte, um in der Schule Punkt acht Uhr früh zur Französisch-Matura anzutreten, das wußte niemand. Das hatte ich totgeschwiegen, das sollte nur mich allein etwas angehen. Ich war damals ganz ohne jede Furcht vor dieser Matura-Arbeit. Bei manchen von meinen Schulkolleginnen herrschte Tage vorher schon Panikstimmung. Ich war gut in Französisch, also konnte wohl bei der Matura-Arbeit auch nichts schiefgehen.

Die Ballnacht war für mich ein großes Erlebnis. Eine Nacht durchtanzen, das durfte und konnte ich noch nie. Ich war jung, achtzehn Jahre, und lebensfroh und tanzte so gerne. Doch dazu ergab sich bisher nur Gelegenheit bei Kirtagen, am Nachmittag bis zum frühen Abend. Dann mußte ich mich stets unter Vaters Kontrolle zu Hause einfinden. Wir waren eine Schar vergnügter junger Leute in dieser festlichen Nacht und wir waren die allerletzten, die den Tanzboden verließen. Um fünf Uhr früh war Sperrstunde. Wir zogen voll guter Laune eine gute dreiviertel Stunde heimwärts, in tiefem Schnee bei klirrender Kälte stapfend, die wir gar nicht spürten. Aus unserem Dorf waren der Franzl, der Hansl, der Sepp, die Mitzi, die Hanni und ich dabei. Wir waren keine Pärchen, nein – zumindest gehörte damals jeder zu jedem. Plötzlich spürte ich einen Kuß auf meinem Mund. Es war der Hansl, der sich mir verstohlen näherte und auch gleich wieder entfernte, um in der lustigen Schar weiterzustapfen. Niemand hatte diese kleine, kurze Liebesbezeugung bemerkt, und mich beeindruckte sie auch nicht sonderlich, das gehörte einfach so dazu zum Fasching, zur Lebensfreude. Ich war immer noch voller Walzerseligkeit und hätte ohnehin am liebsten die ganze Welt umarmt und abgeküßt.

Wie vereinbart, reagierte meine gute Mutter auf mein Klopfen. Ich stieg also unbemerkt durchs Kammerfenster ins Haus, zog mich um für die Schule, trank einen guten Milchkaffee, verzehrte ein deftiges Butterbrot dazu, steckte meine Jause in die Schultasche und begab mich auf den langen Weg zur Bahn.

Dann die Französisch-Matura-Arbeit: „Gott, war die leicht!" Ich schrieb eine Seite um die andere, ich hatte so gute Einfälle wie wahrscheinlich noch nie in meinem Leben, und immer wieder zwischendurch hörte ich es in mir klingen: „Tanzen will ich, singen will ich, la, la, la, la, la!" Ohne die Arbeit durchzulesen, wollte ich sie abgeben – es mußte wohl die beste Arbeit sein, die ich jemals geschrieben hatte. Ich empfand es so. „Oder sollte ich das Geschriebene doch nochmals durchlesen? Aber nein, wozu? Warum sollte es da einen Fehler geben? Nein, diese Mühe kann ich mir wahrhaftig sparen!" „Tanzen will ich, singen will ich, la, la, la, la, la!" so klang es immerfort in mir. „Herrlich, diese Walzerseligkeit!".

Es kam der Tag und die Stunde, in der wir die Notennachricht dieser Arbeit mitgeteilt bekamen. Die Namen der Schülerinnen und die Noten wurden vorgelesen. Erst die „Sehr gut", dann die „Gut" – Wieso war ich nicht bei den „Sehr gut"? Dann auch nicht bei den „Gut"! Und nun nicht einmal bei den „Genügend"! – ‚Der Professor muß mich wohl vergessen haben!' so ging es mir durch meinen Kopf. Nun kamen die „Nichtgenügend", und ich war dabei! „Herr Professor, wieso, das muß ein Irrtum sein, ein Riesen-Irrtum!" Mit diesen Worten stand ich aufgebracht vorne beim Katheder.

Der Professor blätterte in meiner Arbeit und sagte, „Ja, inhaltlich wäre sie ausgezeichnet, aber diese Fehler: Sie schreiben ‚les enfant', lassen einfach das ‚s' bei ‚enfants' weg, bei ‚il fait' schreiben Sie statt ‚t' ein ‚s'; dann hier zum Beispiel lassen Sie wieder bei ‚elles sont' das ‚s' bei ‚elles' weg; und dann nochmals ‚ils sont' ohne ‚s'- schrecklich! Schrecklich!" Ich: „Ja, aber das sind doch nur Schlampigkeitsfehler, Leichtsinnsfehler! Das weiß ich doch alles! Ich bin doch, wie Sie wissen, gut in Französisch!" Der Professor: „Haben Sie ihre Arbeit denn nicht durchgelesen? Sie waren so ziemlich die erste, die vorzeitig abgegeben hat. Leider – das ist eine Matura-Arbeit. Matura heißt soviel wie reif. Mit Schlamperei und Leichtsinn ist man eben nicht reif genug!"

Tanzen will ich, singen will ich, la, la, la, la, la! - O Gott, du schicksalsträchtige Walzerseligkeit, du wonnevolle Jugendzeit – mit Leichtsinn ohne Ende!

Ein schöner Brauch

Es war an einem Samstag im Mai des Jahres 1942. In meinem Heimatdorf wurde im großen Saal des Gasthauses zum Maitanz aufgespielt. Ich war damals ein junges Mädchen von einundzwanzig Jahren und ich war sehr tanzlustig. So fand ich mich mit großer Begeisterung im Freundeskreis zum Feste ein. Als ich mit neugierigen Blicken nach geeigneten, interessanten Tänzern Ausschau hielt, erspähte ich zu meiner großen Überraschung meinen einstigen Jungmädchenschwarm an einem Tisch im Saal inmitten einer größeren Gesellschaft. Mein Gott, wie war ich doch mit sechzehn, siebzehn Jahren in ihn vernarrt! Er hat es nie geahnt. Gottseidank!

Er war Wiener und seit ungefähr sechs Jahren im vier Kilometer von uns entfernten Marktflecken ansässig und weit und breit als sehr geschätzter Tierarzt tätig. Nun habe ich ihn schon längere Zeit nicht mehr zu Gesicht bekommen. Ob er mich wohl bemerken wird und mich zum Tanz auffordern wird? Das war meine Sorge. Mittlerweile ging es lustig zu. Alle jungen Leute schwangen lustvoll das Tanzbein, sangen zugleich und waren voller überschäumender Lebensfreude.

Es war Krieg, und so manche meiner Jugendfreunde und Schulkameraden und auch meine drei Brüder befanden sich nicht mehr im friedlichen Zuhause, sondern waren längst zum Kriegsdienst eingezogen. So hatte ich den Eindruck gewonnen, daß die Glücklichen, die entweder die Front noch nicht erlebt hatten und auch diejenigen, die sich gerade auf Heimaturlaub befanden, die Heiterkeit und Freude dieses Abends in besonders intensiver Weise genießen wollten, wußte doch keiner von ihnen, was die nahe Kriegszukunft an Übeltaten, Leid, Entbehrung und Elend für sie alle bereithielt.

Nun, es war wirklich ein gelungener, lustiger Abend. Ich tanzte, tanzte viel, ich lachte, lachte viel. Aber so nebenbei verfolgte ich insgeheim das Tanzverhalten meines einstigen Schwarms. Ich bemerkte, daß er jeden Tanz mit einer anderen Partnerin genoß. Anscheinend war er bemüht, alle seine Pflichttänze zu absolvieren. Es war am Land so Sitte, wenn einer sich sozusagen in gehobener gesellschaftlicher Stellung befand.

Endlich stand er dann auch vor mir, verbeugte sich galant und forderte mich zum Tanz auf. Mein geheimer Wunsch erfüllte sich also. Bisher war ich an diesem Abend ausgelassen, lustig und vor allem auch recht selbstbewußt, plötzlich aber überfiel mich in seinen Armen Unsicherheit und Verlegenheit, ich tanzte schlecht, ganz schlecht, ich spürte es genau. Da erzählte er mir, daß er beim Militär in Italien stationiert und gerade auf Heimaturlaub wäre, und daß die Italienerinnen unwahrscheinlich ambitionierte, graziöse und geradezu hinreißende Tänzerinnen wären. Diese Bemerkung seinerseits brachte mich nun total durcheinander und machte mein Tanztaktgefühl vollkommen zunichte.

So wie mir gerade zumute war, ich fühlte mich elend in meiner Haut, empfand ich diese seine Lobpreisungen der italienischen Grazien als ungeziemend und taktlos mir gegenüber. Als der Tanz zu Ende war, führte er mich zu meinem Tisch zurück.

Er kam bald darauf wieder, das wunderte mich zwar, aber es freute mich sehr. Inzwischen war es mir gelungen, meine Selbstsicherheit und mein Selbstwertgefühl wiederzufinden und ich hatte nun das Empfinden, daß wir uns schon wesentlich besser gemeinsam in Harmonie im Kreise drehten. Er fragte mich, ob ich denn jedes Wochenende bei meiner Familie zuhause im Dorf verbringen würde. „Nein", antwortete ich, „ich komme nur einmal im Monat nach Hause. Allerdings manchmal auch öfters, wenn mir die Stadtluft zu dick wird, und es mich dann in meine geliebten heimatlichen Gefilde zieht. Aber heute bin ich natürlich deshalb gekommen, weil ja morgen Muttertag ist."

„Muttertag,", sagte er, „das ist wieder einmal so eine geschäftliche Erfindung, die vor mehr als zwanzig Jahren in Amerika gemacht und dann in Europa übernommen wurde. Mir bedeutet dieser Tag nichts, und meiner Mutter wäre es höchstens peinlich, so unmotiviert an diesem Tag geehrt zu werden. Ich halte gar nichts davon, daß man sich an einem Tag im Jahr gewollt oder gezwungen mit Geschenken einstellt, um den sogenannten Muttertag zu feiern. Eine Mutter zu sein, das wird freiwillig gewählt. Es ist ganz gewiß eine große Aufgabe, die mit viel Mühe verbunden ist, und so gebührt Dank und Anerkennung einer Mutter das ganze Jahr über. Die katholische Kirche hat diese Erfindung gerne übernommen und daraus im Mai einen besonderen ‚Mariensonntag' gemacht, einen Extrakult sozusagen."

,Du guter Gott,', dachte ich so bei mir, ,das alles ist mir ja völlig fremd!' Ich war der Meinung, den Muttertag gäbe es schon ewig, zumindest so lange wie den Christbaum. In der Volksschule wurden wir anläßlich dieses Festtages mit dazupassenden Gedichten und Liedern tagelang vorher schon überschüttet, und von der Kanzel herab wurde uns Kindern und unseren Müttern die Mutter Maria als das größte mütterliche Vorbild nahegebracht. Ich bin mit der Feier des Muttertages sozusagen großgeworden und war glücklich als Kind, wenn ich ein Gedicht aufsagen und der Mutter Blumen bringen durfte und ich war auch stets bemüht an diesem Tag, der Mutter eine besondere Freude zu machen. Da stand ich nun da mit meinen sentimentalen und romantischen Empfindungen, und mir gegenüber war nun plötzlich einer, der mich in seiner Nüchternheit aufklärte und meine jahrelang gehegten Gefühle um dieses Ereignis mit seinen Worten brutal zerbrach. Ich kam mir vor wie damals als neunjähriges Kind, als man mir den Traum vom Christkind raubte durch die nüchterne Aufklärung, daß dieses ja gar nicht existierte.

Aber ich faßte mich und antwortete selbstsicher: „Ja, wissen Sie, bei uns zu Hause ist halt der Muttertag alljährlich ein schönes Fest, und, wie ich meine, ist dieses Fest zu feiern ein schöner Brauch, den ich nicht missen möchte. Wir Kinder sind mit ,O hast du noch ein Mütterlein' und so weiter und, wenn man die Mutter durch den Tod verloren hatte, mit, ,Wie schloß ein Raum, so eng und klein, die Liebe einer Mutter ein', gemeint ist damit das Grab, aufgewachsen. Wenn meine großen Schwestern mit ihren kleinen Kindern sich am Nachmittag bei uns zu Hause einfinden und der Mutter zu ihrem Ehrentag gratulieren, dann ist das für mich und für uns alle sehr schön. Ein schöner Brauch eben! Die Kleinen sagen Gedichte auf, die Großen bringen Geschenke mit, eine Kleinigkeit nur, vielleicht eine Schürze oder ein Kopftuch oder ein Kölnischwasser oder eine selbstgestrickte Weste oder ein selbstgehäkeltes Schultertuch oder ein Taschentuch aus Baumwollbatist oder so etwas Ähnliches, unsere Mutter ist sehr bescheiden. Bei uns gibt es keine großen Geschenke, und die Blumen, die wir bringen, pflücken wir im eigenen Garten oder in der Au – Vergißmeinnicht, Maiglöckchen, Narzissen und Schwertlilien.

Also, in unserer Familie ist absolut nichts zu spüren von einem extragroßen Geschäftstag, für uns ist und bleibt der Muttertag ein Familienfest. Ein Tag, an dem alle Kinder von weit und breit herbeieilen, nur um der Mutter eine kleine Freude zu machen, so wie zum Namenstag, zu Weihnachten und zu Ostern! Freilich dachte ich immer wieder in den letzten Jahren, daß, von der Arbeit her gesehen, dieser Tag nicht gerade eine Erholung für unsere Mutter bedeutet. Sie bewirtet da immer mit viel persönlichem Arbeitsaufwand am Nachmittag und am Abend uns alle, eine große Schar. Natürlich helfen wir mit, aber ich weiß, daß sie tagelang vorher neben ihrer vielen täglichen Arbeit schon damit beschäftigt war, Gugelhupfe und Torten et cetera zu bakken. Und wenn wir uns am Abend verabschieden, und alle wieder auseinanderstieben dorthin, wo wir hingehören, und sie allein mit den kleineren Geschwistern zurückbleibt, und ein Haufen Geschirr zum Abwaschen auf sie wartet, dann hab' ich ohnehin immer ein schlechtes Gewissen. Aber ich weiß auch, daß ihr diese Mühe nichts ausmacht. Die Freude darüber, uns alle gemeinsam um sich zu haben für ein paar Stunden, wiegt für sie die große Mühe auf.

So – und jetzt muß ich nach Hause gehen. Es ist schon spät, und morgen will ich in aller Frühe an Mutters Stelle die Frühstücksaktivitäten übernehmen und zur Feier des Tages einen großen Strauß frisch gepflückte Au- und Wiesenblumen in die Mitte des Tisches stellen."

Er hörte mir aufmerksam zu – und blieb stumm! So fügte ich hinzu: „Es kann natürlich sein, daß ich später einmal ganz anders über diesen Tag denke, vielleicht so ähnlich wie Sie. Mag sein, daß ich einst Kinder haben werde, die genauso denken wie Sie. Aber vorläufig gibt es für mich in meiner Welt Dinge, die ich gar nicht so genau entschlüsselt wissen möchte, die für mich mit einem Nimbus umgeben sind, den ich mir noch lange bewahren möchte."

Der Fredi und ich

Was einem manchmal so alles durch den Kopf geistert, wenn man alt ist und von guter Musik begleitet, aus der Konserve natürlich, allein zu Hause sitzt, und es ruhig und still um einen herum geworden ist! Da werden viele große und kleine, gute und schlechte Lebenserinnerungen wach. Der Fredi, der war sozusagen eine kleine, aber eine gute Erinnerung. ‚War' sage ich deshalb, weil er leider schon vor zirka zwanzig Jahren im Alter von höchstens vierundfünfzig oder fünfundfünzig Jahren sterben mußte.

Meine Freundin Gretl und ich, wir kamen eines Abends im Sommer am Bahnhof in Schladming an und suchten ein Nachtquartier. Doch es gab keines. In der Nachkriegszeit war überall alles ganz anders als heutzutage. Wir übernachteten also am Bahnhof. Jedoch am nächsten Tag fanden wir ein Zimmer für einen Tag und eine Nacht. Das reichte uns auch, denn wir wollten bei der Sommerhitze ja nicht im stickigen Schladming unsere Urlaubstage verbringen, sondern auf die Ursprungalm wandern und von dort aus weitere Bergwanderungen unternehmen. Es war zur Mittagszeit, wir hatten

Hunger und Durst und gingen in ein Gasthaus um uns zu laben.

Dort lernten wir den Fredi kennen und seine Mutter. Diese war sogleich sehr gesprächig und sichtlich erfreut darüber, eine passende Gesellschaft und eine Ablenkung für ihren Sohn gefunden zu haben. Der Fredi war weniger gesprächig, er machte eher einen nachdenklichen, sehr verschlossenen, fast traurigen Eindruck. Unter anderem erzählten wir den beiden, daß wir ab morgen früh auf Bergwanderschaft gehen möchten und daß wir uns als erstes Ziel die Ursprungalm ausgesucht hätten. Später verabschiedeten wir uns und wünschten uns gegenseitig, wie es eben so üblich ist, schöne erholsame Urlaubstage. Wir schliefen in dieser Nacht tief und viel zu lange, hatten wir doch einiges nachzuholen von der nicht gerade geruhsamen vergangenen Nacht auf den harten und kalten Bahnhofsbänken.

Wir machten uns dann auf den Weg in Richtung Ursprungalm. Dieser führte erst durch einen hohen Wald, später aber wurde er sehr mühsam. Plötzlich erklärte mir die Gretl, daß sie lieber umkehren und nach Hause zurückfahren möchte, nach Wien. Die Arme fühlte sich von der Seele her elend. Vor zwei Wochen hatte sie die Gewißheit bekommen, daß ihr geliebter Freund, von dem sie seit den letzten Kriegsmonaten keine Nachricht mehr erhalten hatte, nun tatsächlich in Rußland umgekommen war. Ich konnte ihren Seelenschmerz gut verstehen, war mir doch ein ähnliches Schicksal widerfahren. Nur, ich konnte damals noch hoffen. Ich hoffte insgeheim, und fest und unerschütterlich war mein Glaube an die Heimkehr aus der russischen Kriegsgefangenschaft, der sich bald oder erst irgendwann in fernen Tagen erfüllen würde. Ich war der Meinung, der

Gretl über die schwere Zeit hinweghelfen zu können, indem ich ihr den Vorschlag machte, mich auf der Fahrt in die Bergwelt und beim Wandern zu begleiten. Doch ich täuschte mich. Ihr Kummer wurde hier in der Ferne immer größer. Auch wäre ihr dieser Weg viel zu beschwerlich, sagte sie. Alles Zureden war erfolglos. Ihr Entschluß stand fest. Sie kehrte um. Traurigen Herzens ließ ich sie ziehen und strebte nun allein meinem Ziel entgegen. Ich war es gewohnt, unwegsame Pfade zu gehen. Der Weg war wahrhaftig mühsam. Er führte durch eine schier endlose Wildnis. Aber dann lag plötzlich im hellen Nachmittagssonnenschein mein Ziel vor Augen, die Ursprungalm.

Und wer begrüßte mich dort, neben dem Hüttenwirt? Ich traute meinen Augen nicht – es war der Fredi. Er war ganz früh aufgebrochen, hatte den langen Güterweg zur Alm genommen und war vor kurzem hier angekommen. Wir verbrachten einen netten Spätnachmittag und einen angenehmen Abend mitsammen. Am nächsten Tag verschwand er wieder in Richtung Schladming. Ich aber blieb viele Tage dort oben, machte allein abenteuerliche Bergwanderungen und pflückte Edelweiß unter Lebensgefahr auf einem steil überhängenden Felsen. Ich hatte dem Fredi versprochen, ihm eines nach Wien mitzubringen. Er bezweifelte es, doch ich brachte es zuwege. Er bekam also sein Edelweiß, in gepreßtem Zustand, eingehüllt in ein Blatt Papier, das mit einer feierlichen Widmung und der Karikatur seines Kopfes versehen war. Diese war mir sonderbarerweise auf Anhieb gut gelungen. Es war meine erste und auch meine letzte, die ich zustande brachte.

Fredis Mutter hätte mich, so schien es mir, am liebsten recht bald mit ihrem Sohn verheiratet gesehen.

Doch die Sache hatte einen Haken. Die Mutter erzählte mir in Fredis Abwesenheit, ehrlich und voller mütterlicher Besorgnis, Fredis unglückliche Liebesgeschichte. Sie lud mich immer wieder zum Abendessen ein.

Fredi war damals Assistent auf der technischen Hochschule und er spielte hinreißend Klavier. Ich hörte ihm mit Begeisterung zu. Manchmal gingen der Fredi, die Gretl und ich abends in ein Konzert. Ab und zu besuchten wir einen Heurigen. Da ging es immer sehr fröhlich und unterhaltsam zu. Die Gretl hatte mittlerweile ihren großen Kummer ein wenig verwunden, und das war gut so.

Einmal fuhren der Fredi und ich ins wunderschöne Freibad nach Bad Vöslau. Als wir uns nebeneinander im Grase liegend die Sonne auf den Rücken scheinen ließen, sagte er plötzlich: „Du hast aber wirklich einen schönen Rücken!" (Randbemerkung: Wenn er mich heute sehen würde! ‚O, jerum, jerum, jerum! O, quae mutatio rerum!') Damals antwortete ich ihm: „Danke für das Kompliment! Na ja, allzuviel Schönes gibt es bei mir ohnehin nicht zu sehen!" Er: „Ich hab' dich gern und du gefällst mir so wie du bist!" Ich: „Ich mag dich auch, du weißt es! Aber es ist ein so herrlicher Tag heute – komm, gehen wir schwimmen! Und nachher vergnügen wir uns bei Brot und Wein! Und unsere Probleme, die lassen wir besser zu Hause!"

Eines Abends begleitete er mich nach einer Feier im Freundeskreis nach Hause. Da blieb er auf einmal stehen, nahm meinen Kopf in seine Hände und sagte: „Magst du mich nicht heiraten? Wir könnten die Hochzeitsreise auf die Ursprungalm machen! Wäre das nicht eine wundervolle Idee?" „Fredi", sagte ich, „ich weiß doch längst, daß du nicht glücklich bist. Aber du liebst die andere, hast ein Kind mit ihr! Mich liebst du nicht, mich hast du nur gern. Ich glaube aber, daß ich ein Anrecht auf die große Liebe habe." Er: „Ich hätt' es mir denken können, dich stört mein Kind!" Ich: „Nein, das ist es nicht unbedingt! Ich will geliebt werden. Du spielst leidenschaftlich Klavier, ich bewundere dich. Ich spiele denkbar schlecht Violine, aber ich will trotzdem nicht die zweite Geige spielen im Leben. Wir mögen uns gern, aber das ist zuwenig für eine gemeinsame Zukunft. Für dich wird schon noch alles gut werden, das glaub' ich fest."

Später, wir waren immer noch in freundschaftlicher Verbindung, die Mutter, der Fredi und ich, lernte ich auch seine große Liebe, die mittlerweile seine Ehefrau geworden war und das Kind kennen. Die Frau war, wie ich von der Mutter einst erfahren hatte, wirklich von einer faszinierenden Schönheit. Sie wußte dies auch genau und nützte einst dieses ihr großes Talent manchmal aus, indem sie sich, zu Fredis größerem Leidwesen, anderweitig vergnügte. Ich glaube und hoffe aber, daß er glücklich mit ihr geworden ist.

Unsere Wege gingen auseinander, die Mutter starb. Mittlerweile war Fredi Universitätsprofessor an der Technischen Hochschule geworden. Der Sohn von der Gretl studierte dort und mußte bei ihm eine Prüfung machen. Er blieb aber inkognito, denn er verabscheute jede Art einer möglichen Bevorzugung. Bald darauf teilte mir die Gretl mit, daß der Fredi an einem Herzinfarkt verstorben war. Diese Nachricht stimmte mich lange Zeit sehr traurig.

Kapitel II

„Nie wieder Krieg!"

Nie wieder Krieg!

Aus des Herzens tiefster Tiefe,
nach des Krieges Qual und Schmerz,
in den Städten, in den Dörfern,
durch die Wiesen , durch die Wälder,
über Berge, über Täler
dieser laute Ruf erschallt.
O armes, o bedrücktes Herz,
in deine tiefste Tiefe horch!
Und wieder spürst du Qual und Schmerz,
denn an Öst'reichs Grenzen schon
ist lautlos längst der Ruf verhallt.[1]

---

[1] (1994 unter dem Eindruck der Jugoslawienkriege verfaßt)

Mit zweierlei Maß

„Quod licet Jovi, non licet bovi"
(Was dem Jupiter erlaubt ist, ist dem Ochsen nicht erlaubt.)

Marianne war nach Beendigung des Pharmaziestudiums ab September '44 in einer Wiener Apotheke tätig. Sie hatte dort auch schon vor dem Hochschulstudium die Praktikantenzeit absolviert, so wie es damals die Berufsausbildung im Großdeutschen Reich gebot und sie hatte in dieser Apotheke auch zeitweise während ihres Studiums gearbeitet. Sie fühlte sich sehr wohl auf ihrem Arbeitsplatz. Der Chef, seine Gemahlin und auch deren Tochter, ebenfalls eine ausgebildete Pharmazeutin, waren ihr recht wohl gesinnt. Sie schätzten ihr Wesen und auch ihre Arbeitsleistung, denn sie nahm es mit ihren dienstlichen Pflichten ernst.

Es war im Februar des Jahres '45, als der Chef eines Abends nach Dienstschluß alle Angestellten zusammenrief, um ihnen in einem kurzen, eindrucksvollen Vortrag seine politischen Ansichten kundzutun und um sie auf ihre Verpflichtungen dienstlicher Art den Mitmenschen gegenüber eingehend aufmerksam zu machen. Er erklärte ihnen, daß sie dem Führer, dem Volk und dem Vaterland unbedingten Gehorsam schuldeten, was immer auch in nächster Zeit geschehen würde, und daß es eben für jeden deutschen Menschen, für ihn und für sie alle eine heilige Pflicht wäre, bis zum Ende dieses Krieges auf ihren Posten zum Wohle der deutschen Volksgenossen auszuharren. Und zum Trost und zum Ansporn für alle, jedoch vermutlich nicht so ganz aus persönlicher Überzeugung, fügte er dann noch hinzu, daß dieses Ende gewiß noch ein siegreiches sein werde, et cetera.

Doch als er vom siegreichen Ende sprach, da sahen sich alle um ihn herum Versammelten mit vielerlei Zweifeln in ihrem Gesichtsausdruck an und sie verstanden sich in ihren Blicken. Dieser furchtbare Krieg war verloren, das stand längst fest. Vielleicht glaubten manche Leute noch an das große Wunder in Form der ungeheuerlichen Atombombe, die die Feinde vernichten könnte, womit eventuell dem deutschen Sieg noch eine Chance gegeben wäre, falls man diese ganz gezielt hätte einsetzen können. Da sich aber dieses weithin alles vernichtende Mordinstrument bereits in amerikanischen Händen befand, wie schon durchgesickert war trotz aller Geheimhaltung in Deutschland, war eine solche fatale Siegeshoffnung nur noch ein böser Traum für Träumer. Es konnte damals kein realistisch denkender Mensch noch ernsthaft an die Möglichkeit eines deutschen Sieges in diesem Krieg glauben. Die führenden politischen Fanatiker verkündeten zwar immer noch die Mär vom Sieg der Großdeutschen Armee, jedoch in Wahrheit glaubten diese wohl selber auch nicht mehr daran. Anstatt sich zu ergeben, um wenigstens das letzte Blutvergießen zu verhindern, mußte weitergemetzelt werden.

Die Ehegattin des Chefs und ihre Tochter, die ebenfalls in ihrer Apotheke tätig gewesen war, waren inzwischen längst verreist. Irgendwohin nach Oberösterreich hatten sie sich stillschweigend abgesetzt, um dem vorhersehbaren Schrecken des Kriegsendes infolge des Einmarsches und der nachfolgenden Besetzung durch die Russen zu entrinnen. Alle anderen aber, die hier in der Apotheke und im Haus angestellt waren, gehörten eben nicht zu den Privilegierten, die mit viel Geld im Säckel davonlaufen konnten und durften. Sie hatten, selbst wenn sie es sich gerne gewünscht hätten, damals nicht das Recht, das Weite zu suchen, zu flüchten. Ihnen war die große Pflicht und Schuldigkeit von oben her auferlegt worden, auszuharren bis zum bitteren Ende. Von Marianne persönlich wäre zu sagen, daß sie ohnehin nicht davonlaufen wollte, sondern nur den einen großen Wunsch hatte, noch rechtzeitig zu ihrer Familie, zu ihrer Mutter und zu ihren Geschwistern zu kommen, sobald die Stunde der Wahrheit nicht mehr aufzuhalten war.

Eines Tages im März des Jahres '45 hieß es, daß der Chef ebenfalls bei Nacht und Nebel seinen Besitz, die Apotheke, das Haus und den Garten verlassen hatte, um irgendwo im fernen Westen einen sicheren Unterschlupf zu finden. Er hatte Angst, große Angst. Denn er war Parteigenosse und hatte eine gehobene, fachlich führende Position als Kammerfunktionär. Nicht, daß er jemals irgendwem auch nur das Geringste zu Leide getan hätte, o nein, er war stets durch und durch ein integerer Mensch. Nur, er war eben ein Parteigenosse. Somit sozusagen ein Verfechter des großen, deutschen, nationalsozialistischen Gedankengutes und daher, wenn alles schiefgehen sollte, in späteren Tagen vermutlich ein Verfemter, ein Verfolgter. Die Fama ging, daß er die beste Absicht hatte, freiwillig aus dem Leben zu scheiden, kurz bevor das Kriegsende mit seinen zu erwartenden bösen Folgen für ihn hereinbrechen würde. Er sollte in diesem Sinne darüber gesprochen haben in seinen Kreisen – wie ein großer Held. Doch das war eben nur ein Gerücht. Er hatte, wie sich später herausstellte, darauf verzichtet, ein solcher Held zu werden. Er tauchte unter und kam viele Monate später, nach dem Ende des Krieges, wieder zum Vorschein.

Die Russen kamen und wüteten und steckten das unbehütete Apothekerhaus in Brand, legten es in Schutt und Asche. Ob es wohl das Richtige gewesen war, daß die Familie ihren Besitz auf diese Weise verlassen hatte? Wer weiß das schon so genau im Nachhinein! Schließlich ist doch immer noch das gerettete Leben für jeden einzelnen Menschen wertvoller als alles Hab und Gut. Es ist eigentlich das Wichtigste und das Wertvollste auf dieser Welt. Und wenn man ohnehin einst ganz oben gesessen ist auf einem führenden Posten, ist doch mit Sicherheit anzunehmen, daß man, sobald der erste große Schrecken vorübergegangen ist, wieder Freunde finden wird mit den nötigen guten Beziehungen und Verbindungen, auf deren Hilfe man sich verlassen kann. So geschah es auch, daß es gar nicht so lang dauerte, bis einige Häuser entfernt vom einstigen nun aber abgebrannten Besitz mit der unantastbaren Konzession des Chefs eine neue Apotheke errichtet wurde.

Nun aber wieder zurück in die Zeit, da es die alte Apotheke, das schöne Einfamilienhaus und den zauberhaften Garten noch gab, und die Russen bereits vor den Toren von Wien standen. Das war zu Ostern des Jahres

'45. Die Apotheke war zum Nachtdienst und zum Feiertagsdienst eingeteilt gewesen, den Marianne pflichtbewußt versah. Ihre dienstfreien Kolleginnen waren inzwischen schon auf- und davongefahren irgendwohin zu ihren Familien. Das war durchaus nicht verwunderlich, denn die Lage wurde immer brenzliger. Außerdem waren doch das Haus und die Apotheke längst schon ohne Herren. Wer oder was könnte da noch die Dienerschaft zurückhalten?

Am Ostersonntag gegen Abend hieß es, daß sich die Russen bereits in Richtung Schwechat im Vormarsch gegen Wien befinden sollten. In der Nacht von Sonntag auf Montag konnte Marianne auch schon ganz deutlich den Kanonendonner vernehmen. Sie erinnert sich heute noch mit großem Schrecken daran. Am Ostermontag in aller Früh' kam der gute alte Laborant und Vertraute des Hauses in die Apotheke. Er war wohl der treueste Diener seines Herrn und einer der gewissenhaftesten Menschen, die Marianne jemals in ihrem Leben begegnet waren. Marianne und der Laborant beschlossen nun, die Apotheke gut abzuriegeln und ihrer Wege zu ziehen. Sie verabschiedeten sich traurigen und schweren Herzens von einander.

Noch einmal ging Marianne in den Garten hinaus, sah zu den Fenstern der Wohnung hinauf und hatte das bedrückende Gefühl in ihrem Herzen, daß, weiß Gott, etwas Böses geschehen könnte mit diesem ihr so vertraut gewordenen Apothekenbesitz. Nochmals ein gegenseitiges banges „Auf Wiedersehen!" zueinander, und sie beide, Marianne und der Laborant, gingen endgültig auseinander mit bewegtem Herzen und mit Angst, was sich in den künftigen Tagen ereignen würde. Marianne fuhr mit der Straßenbahn in die Servitengasse im neunten Bezirk, wo sie damals wohnte, packte rasch ihre Habseligkeiten zusammen, nahm von dort, ebenfalls traurigen Herzens, Abschied und fuhr mit dem nächsten Personenzug in Richtung Heimat, um in ihrem Elternhaus im Kreise ihrer Familie ihr gemeinsames Schicksal entgegenzunehmen.

Ende Juli des Jahres '45 gelang es ihr auf abenteuerliche Weise wieder nach Wien zu kommen. Nun hatte sie aber weder eine Wohnmöglichkeit in Wien noch eine Arbeitsstätte. Jedoch sie fand eine gute Unterkunft und auch bald eine neue Arbeitsstätte. Marianne traf nach und nach ihre einstigen Arbeitskolleginnen wieder. Sie alle hatten gewiß große Freude darüber empfunden, als sie davon hörten, daß ihr einstiger Chef und seine Familie nun wieder in halbwegs guten, geordneten Verhältnissen leben konnten und vor allem, daß sie heil und gesund und mit neuem Mut von ihrer Flucht zurückgekehrt waren. Nur, für die doppelte politische Moral von damals vor dem großen Zusammenbruch konnten sie niemals ein rechtes Verständnis aufbringen.

In Angst und Schrecken

Es war gegen Mitte April des Jahres 1945. Schon kamen die russischen Heerscharen näher. Sie zogen von Wien her in Richtung St. Pölten und waren mit ihren Geschützen noch etwa 10 -15 km von uns entfernt. Die Gefahr spitzte sich von Stunde zu Stunde immer mehr zu. Wir Dorfbewohner hatten einmütig beschlossen, uns alle miteinander in unseren geräumigen Keller zurückzuziehen, der von außen gesehen einem Stockhaus glich. Dieses Kellergebäude schloß unterirdisch den großen Mostkeller ein, zu dem man durch das Pressehaus, das sich im Erdgeschoß befand, gelangte.

Die Granaten zischten über unseren Köpfen hin und her und schlugen ringsum ein, als wir unsere Häuser verließen, um in diesem Keller Zuflucht zu suchen. Wir fürchteten uns sehr und harrten nun also zwischen den Mostfässern kauernd ängstlich der Dinge, die da kommen würden und beteten laut gemeinsam einen Rosenkranz. Dann verstummten wir. Der Panzerlärm rückte immer näher, wurde lauter. Ich begann vor Angst zu zittern. Da ich aber nicht allein war und die Gewißheit hatte, daß alle hier Versammelten gleichermaßen der feindlichen Gefahr ausgesetzt waren, wurde ich im Laufe der Zeit ruhiger, gefaßter. Schon öffnete sich die Kellertür und ein großgewachsener, hochrangiger russischer Offizier trat ein. Er war gütig. Als er uns angsterfüllte zwischen und vor den Mostfässern im Dunkeln kauernde Menschenbündel erblickte, erklärte er uns mit trostreichen Worten in gutem Deutsch, daß wir nichts zu befürchten hätten und daß wir wieder in unsere verlassenen Häuser zurückkehren sollten. Seine Worte klangen wohl einigermaßen beruhigend, aber ganz so frei von Furcht und Schrecken, wie er uns die Lage darzustellen versuchte, war sie natürlich nicht, als seine Heerscharen sich bei uns breitmachten. Ganz im Gegenteil, was uns erwartete, war eine Zeit des Schreckens und der Angst.

Ich war damals ein junges Mädchen von vierundzwanzig Jahren, als sich die Russen bei uns im weiten Umkreis einnisteten. Anzunehmen ist jedenfalls, daß ich für sie ein Anblick des Grauens war in meiner Aufmachung. Aus der Lumpenkammer kramte ich die ältesten Kleidungsstücke hervor. Der knöchellange Rock war zerschlissen und vermuddelt, ebenso das Oberteil. Nicht zuletzt roch alles noch dazu ziemlich vermodert. Abgetretene, ausgelatschte knöchelhohe Schuhe - aus Großmutters Zeiten vielleicht - waren gerade richtig. Sie ergänzten als ausgezeichnet dazupassendes Accessoir mein unansehnliches Kleiderensemble. Das Kopftuch, mit dem ich meistens meine Haare bedeckte, zog ich aus der Wäschetruhe heraus, wo die zu waschende Wäsche angesammelt war. Es sah nicht nur schmutzig aus, es roch auch nach Schmutz. Mein schulterlanges, dauergewelltes dunkles Haar ließ ich - mit Mehl bestaubt - weißgrau erglänzen und steckte es unfrisiert am Hinterkopf zu einem recht unansehnlichen Knoten zusammen. Ins Gesicht schmierte ich mir Ofenruß, zeichnete damit in die junge Haut dunkle Falten und Runzeln, und wenn ich eines Russen ansichtig wurde, begann ich wie eine verkrüppelte Greisin gekonnt zu hinken. Es gab genug Mädchen und Frauen, auch ältere, die von den Russen vergewaltigt wurden. So kam es, daß wir Mädchen uns oft, sowie es uns möglich war, auf den Häuserböden im Heu oder Stroh versteckten. Immer war dies natürlich nicht möglich. Doch darüber später.

Meine zehn Jahre ältere Schwester hatte ihren Wohnort gegen Ende 1944 verlassen, um mit ihren zwei Kindern das nahende Kriegsende mit uns in unserem Elternhaus zu verbringen. Sie konnte sich niemals vor den Russen verstecken, denn ihr eineinhalb Jahre altes Kind benötigte ihre ständige Gegenwart. Sie war es, die Tag für Tag an der Seite unserer Mutter alle Stall- und Hausarbeiten ausrichten mußte. Nicht selten kam es vor, daß sie, energisch und tatkräftig wie sie war, unter Schimpfen und Fluchen mit der Mistgabel hinter einem lästigen und unverschämten Russen her war, um ihn zu verjagen. Sie hatte es immer gut verstanden, mit ihnen fertig zu werden. Man konnte oft den Eindruck gewinnen, daß die Russen sich vor ihr, vor ihrem Auftreten fürchteten.

Zu den Kindern hatten die Russen im Gegensatz zu ihrem Verhalten den Erwachsenen gegenüber eine bemerkenswert gute Beziehung. So kam es, daß sie die kleine Tochter meiner Schwester geradezu vergötterten. Sie verwöhnten sie mit allerlei Süßigkeiten und auch mit Spielsachen, die sie natürlich anderswo gestohlen hatten. Sie spielten manchmal in rührender Weise mit

den Kind, selbst die Wildesten wurden bei seinem Anblick ganz zahm und menschlich. So hatte meine
Schwester als Mutter, die ihre Kleine meistens überall
mit sich herumtrug oder an der Hand führte, auch aus
diesem Grund einen günstigeren Stand als manche andere Frau.

Eines Morgens befand ich mich, meiner äußeren Ge-
samtaufmachung entsprechend, als altes Weib mit Ruß-
falten im Gesicht, mit mehlgrauen, teilweise mit dem
Kopftuch verdeckten Haaren in meiner zerlumpten
Kleidung in der Küche. Ein Russe mit Litzen und Ster-
nen auf seiner Uniform trat forschen Schrittes ins Haus,
ging grußlos in die Küche, dann ohne zu fragen weiter
in die Stube. Er betrachtete diese eingehend, hatte einen
Meßstab in der Hand, mit dem er immer wieder
Raummessungen durchführte, kam nach einiger Zeit
heraus und machte mir in gebrochenem Deutsch zwar,
aber dennoch unmißverständlich klar, daß wir unsere
Stube auszuräumen und alle im Haus vorhandenen
Bänke und Sessel hineinzustellen hätten, denn er würde
hier ein Kino eröffnen für seine Soldaten. So nahm ich
nun alle meine schauspielerischen Fähigkeiten zusammen, humpelte ihm entgegen und blieb ganz nahe ihm
gegenüber stehen. Ich starrte ihn fragend an mit dem
stupidesten Blick, den aufzusetzen mir überhaupt möglich war, mit halboffenem breitem Mund, die Oberlippe
ein wenig schief nach rechts zur gerümpften Nase hi-
naufgezogen, die Zunge zwischen den Zähnen hervor-
geschoben und immer wieder die gleichen Laute ausstoßend: „Heiii, heiii!" Ihm wurde somit klar, daß ich
nicht verstand, was er mir mitteilen wollte. Nun deutete
er mit seinen Händen an, was er zu sagen anscheinend
erfolglos versucht hatte. Doch mein Blick blieb gleich-

mäßig stupid-fragend. Verärgert über diese Idiotin, die ihm in meiner Person gegenüberstand, klopfte er mit der Hand an meine Stirn und sagte: „Du brr, brr!" Nichts wollte ich, die hoffnungslose Idiotin, begreifen. Mit immer gleichem Gesichtsausdruck und immer wieder Laute wie „heii, heii" ausstoßend, stand ich weiterhin verständnislos da, machte dann ein paar hinkende Schritte zur Seite, den blöden Blick immer noch ihm zugewendet. Das wurde ihm schließlich doch zu viel. Nachdem er nochmals sein - mit der Hand an die Stirn klopfend - diesmal aber sichtlich mit ungeduldigem Zorn erfülltes „Brr, brr" wiederholt hatte, drehte er sich um und ging davon. Er kam nie wieder, er führte seinen Kinoplan im Nachbardorf im großen Saal des Servitenklosters aus.

Ein paar Tage später beschlossen unsere Sieger, um unser Gemeindegebiet herum Schanzengräben anzulegen und holten sich dazu entsprechend viele Leute aus den Dörfern herbei. Auch ich wurde auserkoren. Die Russen mißtrauten anscheinend immer noch ihren Besiegten und wollten damit ihre Sicherheit verstärken. Harte arbeitsreiche Tage vergingen. Aus unerfindlichen Gründen - der Krieg war ja schon längst beendet, zwar nicht hochoffiziell, aber es war längst Waffenstillstand eingetreten - wurde uns von den Russen befohlen, mit dem begonnenen Schanzengräbengraben fortzufahren. Also mußten wir, ihre Sklaven, uns weiterhin tagtäglich zu dieser sinnlosen, aber schweren Arbeit einfinden. Wir wurden streng kontrolliert, abgezählt. Keiner hätte es gewagt, nicht zu erscheinen. Unsere Partie hatte in der Zierndorfer Gegend begonnen. Dann gings weiter am Rande des Hohenberger Hügels hinüber nach Schadenbach. Von dort ging es entlang des Baches in Richtung Mitterheim, dem Dorf, in dem mein Elternhaus steht. Dreieinhalb Wochen schon war ich auf der Wanderschaft. Obwohl wir uns in der Nähe aufhielten, wußte meine Mutter lange nicht, wo ich mich befand. Wir wurden von Dorf zu Dorf getrieben, von einem Quartier zum anderen und lagen irgendwo in den Häusern in Sammellagern des Nachts auf Strohsäcken herum.

Wir kamen aus unseren Kleidern wochenlang nicht heraus. So wie wir bei Tag zur Arbeit angezogen waren, legten wir uns am Abend wieder zur Ruhe, konnten uns bestenfalls abends Hände und Gesicht waschen. Zusätzlich zu all dieser Ungepflegtheit machte ich mir immer wieder die dunklen Haare mit Mehl grau und mein Gesicht mit Erde schmutzig, um meine häßliche Gesamterscheinung noch besser zu unterstreichen. Das Kopftuch, meistens weit in die Stirne bis zu den bebrillten Augen hereingezogen, tat sein Übriges. So also war ich anfangs auch bei dieser Arbeit ein Anblick des Grauens. Und zur Sicherheit machte ich kaum einen Schritt allein irgendwohin, sondern ich erkor mir einen weitaus älteren, aber sehr verständnisvollen Partner, einen Dorfnachbarn, der ebenfalls zu dieser Fronarbeit verurteilt worden war. An seiner Seite fühlte ich mich sicher. Stets benahm ich mich vor den Russen so, als würde ich zu ihm gehören, als wären wir ein Ehepaar. Besonders in den Nächten, wenn es unruhig wurde, hängte ich mich an ihn, kroch förmlich in ihn hinein - es wird ihm wahrscheinlich nicht immer angenehm gewesen sein -, auf daß er mich beschütze. Wir waren eine Schar von Mädchen und Frauen und hatten eine Zeitlang nur diesen einzigen männlichen Beschützer in unserem Gefolge. Bei Tag während der Arbeit bestand nun eigentlich keine Gefahr mehr, verschleppt zu werden. Aber die Nächte waren nicht ungefährlich.

Einmal geschah es, daß ein mutiger, unverschämter ,Oberrusse' uns - wir waren schon im Einschlafen begriffen - seinen Besuch abstattete. Er trat einfach in unser Lager ein und stellte sich befehlend hin mit den Worten: „Brauche Frau!" Und er beäugte eine nach der anderen in der herrschenden nächtlichen Dunkelheit mit einer überhellen Taschenlampe. Ich war häßlich genug, sodaß er seinen Blick von mir mit Grauen abwendete. Zudem schmiegte ich mich an meinen Beschützer, verkrallte mich sozusagen in ihm und zitterte trotz allem vor Angst. Da hörte ich plötzlich, daß eine meiner jungen Lagergenossinnen zu ihrer Nachbarin sagte: „Geh Weti, so geh halt du, dir macht dös sowieso net so vül aus, du bist äs eh schon gwähnt." Und siehe da, schon erhob sich die Angesprochene von ihrem Lager, meldete sich also freiwillig und verschwand mit dem Russen. So waren wir, die anderen, gerettet und konnten uns ruhig dem Schlummer hingeben.

Zu dieser Zeit war das Wetter halbwegs günstig, doch das war nur vorübergehend. Bald wurde es immer kälter und sehr regnerisch. Auch etwas Schnee war gefallen. Wir standen im nassen Erdreich und schaufelten fleißig. Unser Schuhwerk war meist völlig durchnäßt. Eines Tages bekam ich heftige Bauchkrämpfe. Diese wurden - da ich eben zu allem Überfluß im kalten Wasser stehen mußte - nach und nach immer unerträglicher. Ich wollte nach Hause gehen, um die Schuhe und nasse Kleidung zu wechseln und mich wärmer und regensicher anzuziehen. Unsere Arbeitsstätte war eine gute halbe Stunde von meinem Heimatdorf entfernt. Die Krämpfe waren nun schon so stark geworden, daß mir zeitweise ganz übel wurde. Ich benötigte dringend ein schmerzstillendes Pulver. So erklärte ich meinen Wunsch und mein Vorhaben dem Aufsichtsrussen. In spätestens zwei Stunden wäre ich wieder zurück, fügte ich hinzu mit flehendem Blick und gramverzerrtem Gesichtsausdruck. Doch er wollte es mir erst nicht gestatten und sagte: „Du gehen, ich schießen!" „Bitte, dann schieß, schieß nur!" schrie ich ihm entgegen. Daß dies für mich besser wäre, als hierzubleiben und vor Schmerzen umzufallen, war meine feste Überzeugung. Man lebte damals ohnehin nur von einer Stunde auf die andere, und man empfand die Situation dieses ‚Vogelfreiseins' als hoffnungslos, ausweglos, überaus belastend und konnte an die Wiederkehr eines normal verlaufenden Lebens in Freiheit und Würde gar nicht recht glauben. Nun, unser Aufseher war aber nicht nur einer von den siegreichen und befehlenden Russen, er war auch ein Mensch, verständnisvoll und gut. Er sah mir meine Not, meine Schmerzen und meine Verzweiflung an und erschoß mich nicht. Er ließ mich laufen.

Es ergab sich nach ungefähr vier Wochen unserer Grabarbeiten, daß unser Nachtlager in meinem Elternhaus aufgeschlagen werden sollte. Also wurden drei Räume mit Strohsäcken vollgestopft. Im vierten Raum am äußersten Ende der Zimmerflucht standen Betten, unsere Betten. So konnte ich des Nachts endlich wieder einmal zu Hause schlafen. Ich freute mich ungemein auf ein richtiges Bett und vor allem darauf, mich einmal wieder erfrischen zu können mit warmem Wasser und Seife, meine von Mehl, Schweiß und Schmutz verpappten Haare zu waschen, meine Wäsche und Kleidung zu wechseln. Voller Hochgenuß zog ich nach gründlicher Generalreinigung meines Körpers ein Nachthemd an und legte mich in mein frisch überzogenes Bett. Ich fühlte mich wie neugeboren und wähnte mich zugleich auch völlig frei von aller Gefahr. Wollte man nämlich ins Bettenzimmer gelangen, mußte man erst das Vorderhaus durchqueren, dann die drei Zimmer mit den Strohsäcken passieren, die für alle anderen Arbeitssklaven als Schlaflager dienten. Wer würde denn schon einen so weiten Weg bis hierher nehmen!

Während ich mich vor dem Einschlafen, vor Sauberkeit strotzend, diesem lange entbehrten schier seligen Lebensgefühl hingab, hörte ich mit einem Mal harte, feste Schritte näherkommen. Plötzlich stand auch schon ein Russe vor meinem Bett, das sich gleich neben der Zimmertür befand. Ehe ich mich's versah, begann er mein Gesicht mit schmatzenden Küssen zu bedecken. Er roch nach Wodka. Ich schrie aus Leibeskräften, wehrte ihn ab und schlug ihm ins Gesicht. Ich wußte bisher gar nicht, daß ich so viel und so laut schreien konnte. Also schrie ich und schrie und drosch gleichzeitig auf diesen Kerl ein, so daß er schließlich seinen Rückzug antrat. Im Vorübergehen am Bett meiner vierzehnjährigen Schwester schlug er - aus Rache vermutlich - das arme junge Ding kräftig ins Gesicht und zog dann endgültig ab. Ich aber, total außer mir vor Empörung über alle die Unverschämtheiten und Demütigungen, sprang aus dem Bett, nahm den Besen, der neben dem Kasten im Zimmer lehnte. Wie eine Furie lief ich hinter ihm her durch alle drei Zimmer und durch das Vorhaus bis zur Haustüre, während ich immer fort mit dem Besen auf ihn einschlug und ihn ohne Unterlaß laut schreiend beschimpfte. Als er dann endgültig aus dem Haus verschwunden war, lief ich zu meinem Bett zurück. Ich war vor Wut hochrot im Gesicht und legte mich nun lautlos nieder. Ich zitterte am ganzen Körper, der Schrecken war mir in alle Glieder gefahren. Vor lauter lautem Schreien war ich vorübergehend sprachlos geworden.

Da sah ich unsere Nachbarin - sie war einige Jahre älter als ich - mich mit großen Augen wie ein Weltwunder anstarrend in ihrem Bett sitzen, das gegenüber von dem meinen stand. Und ich hörte sie staunend und verwundert zu mir sagen: „Wehren darf man sich, o mein Gott, das hab ich nicht gewußt!" Ich fühlte mich immer noch nicht ganz meiner Sprache mächtig, doch dieser Einwand der lieben Nachbarin verschlug mir wahrscheinlich die Rede noch mehr. Ein mitleidiges Lächeln nur entrang sich meinen Lippen, womit ich meinem Unverständnis ihrem Ausspruch gegenüber Ausdruck verleihen wollte. Ist es nicht das Natürlichste von der Welt, sich seiner Haut zu wehren, wenn man angegriffen wird, wenn Gefahr droht, wenn einem Unrecht zugefügt wird? So dachte ich bei mir. Sie aber legte sich hin, verbarg ihren Kopf im Kissen und schluchzte herzzerreißend in die nun wiedergekehrte, aber bedrückende Stille dieser Nacht hinein.

Eines Abends als beim Schanzengräbengraben Feierabend gemacht wurde, trug es sich zu, daß sich plötzlich ein Russe, ein blutjunger Kerl mit mongolischem Einschlag, vor mich hinstellte und mir befahl: „Du arbeiten, nicht nach Hause gehen!" „Du Vollidiot! Du besoffenes Russenschwein, du stinkst nach Wodka, du hierbleiben und arbeiten, ich nicht! Verschwinde, geh mir aus dem Weg!" Ich packte meine Siebensachen zusammen und ging. Da schlug er mit seinem Gewehrkolben auf meinen Rücken ein. Ich schrie, aber niemand kam mir zur Hilfe. Alle hatten Angst, flohen. Keiner der wenigen Männer, die es hier unter den Zivilisten gab, hätte es gewagt, einer Frau, die nicht die seine oder seine Tochter war, zu Hilfe zu kommen. Es hatte sich kürzlich ereignet, daß im Nachbardorf ein Vater, der seine Tochter schützen wollte, indem er sich einem Russen zur Wehr setzte, glattweg von diesem erschossen wurde.

Ich geriet außer mir vor Wut über meine Machtlosigkeit diesem Kerl gegenüber, über seine Gewalttätigkeit und über die Demütigung, die mir auf diese Weise wieder einmal widerfahren war. Ich lief so schnell ich konnte davon, schrie aus Leibeskräften und sparte nicht mit Schimpfwörtern. Damals verfügte ich über ein ungeahntes Vokabular an Verbalinjurien, das oft genug zur Anwendung kam in Gedanken und eben auch in laut geschrieenen Worten. Er lief hinter mir her, immer wieder mit seinem Gewehrkolben auf meinen Rücken eindreschend. Schließlich gelangten wir bei den Dorfhäusern an, und der Kerl verschwand. Während dieser wilden Jagd spürte ich kaum einen Schmerz in meinem Rücken. Ich spürte nur die immerwährenden harten Schläge. Erst als diese aufgehört hatten, und ich das Schimpfen und Schreien eingestellt hatte, begannen sich die Schmerzen bemerkbar zu machen. So stand ich von Wut und Schmerz erfüllt vor dem Haus, in dem die Kommandantur untergebracht war, mit der festen Absicht, meinen Missetäter beim Kommandanten zu verklagen. Doch plötzlich bekam ich es wieder mit der Angst zu tun. Wenn ich da hineingehe und anzuklagen versuche, werden sie mir vielleicht nicht glauben und möglicherweise lassen die mich da drinnen gar nicht so ungeschoren wieder heraus. Da sind mir diese Schläge noch lieber. Das waren so meine Gedanken. Der Rükken schmerzte ärger, und ich schleppte mich nach Hau-

se. Zum Glück wurde tags darauf das Graben eingestellt. Der Krieg war offiziell beendet, und der Schan-
zengraben hatte daher keine Funktion mehr. Das war
am 8. Mai 1945. Die Schmerzen dauerten wochenlang
an beim Gehen, beim Stehen, aber auch beim Liegen.

Viele lange Wochen waren vergangen. Immer noch
waren wir von den Russen scharenweise besetzt. Die
einen gingen, die anderen kamen. Sie alle aber waren
gleichermaßen unverschämt in ihren Wünschen und
Forderungen. Schweine, Rinder, Hühner fielen ihrem
Verlangen zum Opfer. Und wir hatten widerstandslos
ihre Befehle auszuführen, mußten zum Beispiel Hühner
fangen, wenn es ihnen gerade gefiel. Wir mußten sie
abstechen, rupfen, bratfertig machen. Sie raubten und
stahlen alles, was ihnen unterkam. Pferde und Wagen,
Uhren aller Art, Kleider, Wäsche, Schuhe, Schmuck,
Photoapparate. Immerfort waren sie mit Bajonetten
unterwegs, um nach Schätzen zu suchen. Und immer
wieder - besonders als die ersten Horden über uns her-
fielen - hörte man von irgendwoher die Hilfeschreie der
Frauen, die von ihnen mißbraucht wurden.

Wie ich schon erwähnt habe, versteckten wir uns im
Heu- oder Strohschober, wenn es brenzlig wurde. Eines
Tages, als wir wieder Schreie aus der Nähe hörten,
flüchteten wir, die Nachbarstochter, meine Schwester
und ich, in unserem Haus auf den Strohboden. Mein
vierzehnjähriger Bruder schob zu unserer Sicherheit die
Leiter, die zum Einstiegsloch in den Strohboden führte,
weg und legte sie irgendwo weiter entfernt an der Hof-
mauer nieder. Wir krochen tief hinunter ins Stroh in die
äußersten Winkel des Dachbodens. Es war uns zum
Ersticken zumute, und wir fürchteten uns sehr. Ein
Russe aber entdeckte bald darauf die Leiter, lehnte sie

ans Bodeneinstiegsloch und kam mit seinem Bajonett bewaffnet auf den Boden herauf. Probeweise stach er im Stroh herum, denn es hätte sich darunter ja Beute befinden können. Bei jedem Stich durchzuckte ein neuer Schrecken meinen Körper, mein Herz klopfte laut vor Angst und Aufregung, daß ich meinte, der Russe würde es hören. Als er endlich verschwunden war, krochen wir, noch am Leben zwar, aber halb erstickt im dumpfen dichten Stroh und sprachlos vor lauter Schrecken, aus dem Versteck hervor. Es brauchte eine gute Weile, bis wir uns soweit beruhigt hatten, daß wir auf dem Stroh sitzend wieder Worte fanden. Wir flüsterten und lagen noch lange auf der Lauer. Erst viel später, als uns die Mutter zu verstehen gab, daß die Russen die Hausdurchsuchung beendet hatten, wagten wir den Abstieg.

Unsere Schmuckhabseligkeiten, Fotoapparate, Bettwäsche und vieles mehr hatte ich ungeschickterweise in unserem Mostkeller tief unter den Fässern vergraben. Die Schätze wurden von den Suchern mit den Bajonetten bald entdeckt und sind somit den feindlichen Raubzügen zum Opfer gefallen. Irgendwo außerhalb des Dorfes unter dem Ackerboden wären sie sicherer verwahrt gewesen. Da ich aber erst von Wien nach Hause zurückgekehrt war, als die Russen schon im Anmarsch auf Wien waren, fand ich bei aller Aufregung nicht mehr die nötige Ruhe, um bessere Vorkehrungen treffen zu können. Außerdem hatten wir polnische Kriegsgefangene zur Arbeit. Diese beschatteten und bespitzelten uns immerzu während der letzten Tage vor dem Einzug der Russen, um uns vor ihrem Abzug ebenfalls berauben zu können. Knapp bevor nun die Russen kamen, flüchteten unsere Polen bei Nacht und Nebel heimwärts mit einem unserer heimwärts mit einem unserer Leiterwägen, bespannt mit unseren zwei besten Pferden, beladen mit allen nötigen Lebensmittelvorräten, die sie uns geschickt entwendet hatten. Ich konnte ihnen ihre Tat nicht übelnehmen, konnte sie verstehen. Einst wurden sie aus ihrer polnischen Heimat vertrieben, um bei uns zu Lande als Gefangene fleißig arbeiten zu müssen. Nun hatten sie endlich die Möglichkeit, wieder nach Hause zu entfliehen. Dies konnten sie ja schließlich nicht zu Fuß und auch nicht ohne Reiseproviant. An ihrer Stelle hätte ich sicher genau so gehandelt.

Zweieinhalb Monate waren verstrichen, es war Ende Juni. Nun war es etwas ruhiger geworden. Die Russen, die jetzt unser Gebiet besetzt hielten, waren nicht mehr so zahlreich und auch etwas gemäßigter in ihren Forderungen. Es waren ja auch die Lebensmittelvorräte in den Häusern weitgehend ausgeraubt, auch das Schlachtvieh. Natürlich verlangten sie weiterhin alles, was sie benötigten, aber sie waren weniger unverschämt. Man konnte ihnen auch schon in einer etwas zivilisierteren Aufmachung gegenübertreten. Es mußte ja die Arbeit in Haus, Hof und Feld schlecht und recht verrichtet werden. Die Männer fehlten, waren entweder gefallen, vermißt oder befanden sich in Gefangenschaft. Am sichersten für die Frauen war es, wenn mehrere gemeinsam sich im Feld oder im Haus zur Arbeit einfanden. Doch unberechenbar waren die Russen immer noch, ganz in Sicherheit fühlten wir uns nie, besonders während der Nächte, wenn sie nach ihren Trinkorgien auf Frauenfang ausgingen. Wir mußten daher des öfteren mitten in der Nacht zitternd vor Angst in unseren Nachtgewändern barfuß Reißaus nehmen durch eine Hintertür und uns irgendwo im Freien verstecken. Wir froren jämmerlich, denn die Nächte waren noch kühl, und in der gebotenen Eile war es meist nicht möglich, Schuhwerk und Überbekleidung auf unserer Flucht mitzunehmen.

Ende Juli, als ab und zu wieder Züge in Richtung Wien verkehrten, entschloß ich mich, mich meinem Dorfflüchtlingsdasein zu entziehen, um in Wien wieder meiner beruflichen Tätigkeit nachzugehen. Mit einem befreundeten Ehepaar trat ich die komfortable Reise in einem Güterzug an. In Wien war nichts mehr zu spüren von einer persönlichen Belästigung durch die Russen. Man konnte sich dort ruhig und sicher bewegen. Seit ungefähr Mitte Juni waren auch bereits die Westalliierten in die Kriegsruinen von Wien eingezogen. Das Studentinnenheim, in dem ich während und auch nach meiner Studienzeit bis Anfang April 1945 wohnte, war mittlerweile eine Wohnstätte für Besatzungsmächte geworden. Ich suchte bei einer Schulfreundin Unterschlupf und wurde liebevoll aufgenommen. Meine alte Arbeitsstätte war beim Kampf um Wien abgebrannt. Ich fand eine neue.

Mein neuer Chef, ein hoher Ministerialbeamter und Universitätsprofessor, nahm mich gnädig auf. Meine ländliche Aufmachung, bestehend aus festen Schuhen, einem Dirndlkleid mit Weste, gefiel ihm allerdings nicht. Er entgegnete mir auf meine Anfrage wegen einer Anstellung: „Ja, ja, ich nehme Sie gerne auf, nur bitte erscheinen Sie bei mir in einer anderen Kleidung. Sie sehen ja aus wie ein Fohlen aus dem Wienerwald, das erst geschoren werden muß." „Sehr geehrter Herr Professor", erwiderte ich, „mit einer anderen Kleidung kann ich vorläufig leider nicht aufwarten, denn ich komme aus der St. Pöltner Gegend und bei uns war der letzte Kriegsschauplatz vor dem Waffenstillstand. Wir wurden von den Russen nicht nur mißhandelt, sondern auch unserer persönlichen Habe gänzlich beraubt. Ich habe nichts anderes zum Anziehen als das, was ich an meinem Körper trage, und ich bin froh, daß ich dieses Wenige noch retten konnte." „Es tut mir leid, das wußte ich wirklich nicht. Wir haben hier nicht so viel von den Schrecklichkeiten, die man erzählen hört, verspürt", so seine Entschuldigung. „Nur zu essen haben wir viel zu wenig und das ist auch bitter genug", fügte er hinzu. Der Schleich- und Tauschhandel - viel Geld, viel Gold gegen Lebensmittel - blühte. Doch nicht jeder Stadtmensch war vermögend genug, um die fehlende Nahrung auf solche Weise erwerben zu können.

Vergeblicher Wiedergutmachungsversuch

Seit einigen Jahren hatte sich Henriette zur Gewohnheit gemacht, jeweils zur Adventzeit einem jener lieber Menschen, die einst in ihren Jugendtagen ihren Lebensweg kreuzten, mit denen sie vorübergehend innige Freundschaft verband, die aber doch in ihrem späteren Leben keinen Platz mehr hatten und dennoch niemals ganz ihrer Erinnerung entschwunden waren, Weihnachtsgrüße zu senden.

Allzu rasch war ihre Lebenszeit dahingeflossen. Diese war erst ausgefüllt mit beruflicher Arbeit und mit viel Geselligkeit, später neben der beruflichen Tätigkeit mit allerlei Mühseligkeiten und der Fürsorge um das Wohlergehen ihrer Familie, ihrer Kinder. Selbst in den wenigen Stunden der Muße, die verblieben, machte sich stets die jeweilig gegenwärtige Lebenssituation mit ihren Sorgen, Hoffnungen, Freuden und Leiden in ihrem Denken breit. Die große örtliche Entfernung zwischen ihr und jenen Menschen tat das Übrige, und so kam es, daß sich die freundschaftlichen Bande nach und nach immer mehr lockerten, bis sie sich schließlich nach außen hin für immer lösten. Nun aber, da sie älter

97

und bedächtiger geworden war und mehr Zeit, manchmal sogar zu viel Zeit für sich selber gefunden hatte, überdachte sie oft ihr gelebtes, verflossenes Leben, vor allem die Zeit der Jugend, um damit vielleicht auch das gegenwärtige Alter, das nicht mehr so viel Abwechslung zu bieten hatte, wenigstens in Gedanken interessanter zu gestalten. Ihr Kopf war angefüllt mit Erinnerungen an früher, und es bedurfte oft nur eines einzigen bestimmten Gedankens, eines Namens eines Ortes zum Beispiel, und schon kam ihr die dazu gehörige Geschichte in allen Einzelheiten in den Sinn. Und zu manchen dieser Geschichten gab es mittlerweile zweierlei Beurteilungen und Empfindungen, nämlich die von einst, als sie sich ereignete, und die von heute, die ganz im Zeichen ihrer gesammelten Lebenserfahrungen und ihrer objektiver gewordenen Urteilskraft standen. Henriette konnte feststellen, daß sie mit ihren Erinnerungsweihnachtsgrüßen viel Freude bereitete, denn sie wurden allesamt mit großer Herzlichkeit in memoriam juventutis in langen Briefen beantwortet.

Wieder einmal war der Advent gekommen, und es war der Jahreszeit entsprechend empfindlich kalt geworden, also genau das richtige Wetter für Henriette, um es sich in der heimeligen Stube gemütlich zu machen und sich im Schein der Adventkerzen und bei Klängen feierlicher Musik ganz in Gedanken an die Jugendzeit zu verlieren. Seit Jahren spielte sie schon mit der Absicht, ihre Weihnachtsgrüße auch einmal jenem einen Menschen zu schicken, der ihr einstmals eine ganze Menge, wenngleich nicht Alles, bedeutete, und dem sie aber in einer recht kaltherzigen Art und Weise jäh und unwiderruflich brieflich den Abschied gab. Dieses Unterfangen bereitete ihr zu jener Zeit weder besonderen Schmerz noch größere Bedenken. Es erschien ihr als eine unbedingte Notwendigkeit. Doch mit den Jahren bekam sie dazu eine andere Perspektive. Es schlich sich nach und nach immer mehr eine gewisse Art von Schuldgefühl ob ihrer damaligen Herzlosigkeit in ihre Seele ein, und sie empfand schließlich echte Reue über ihr Verhalten. Nach langen Überlegungen für und wider stand nun ihr Entschluß endgültig fest, die heurigen zusätzlichen Weihnachtsgrüße diesem Menschen zu senden und mit ein paar innigen Worten, brieflich gegeben, für ihre harten und vor allem verlogenen Abschiedszeilen von einst Abbitte zu leisten.

„Lieber Anton", schrieb sie auf eine mit viel Mühe und Sorgfalt selbstgefertigte und mit einem Weihnachtsmotiv aus ihrer Heimat eigenhändig bemalte Karte, „sei nicht allzu sehr erstaunt über meine Zeilen! Seit langem schon verspüre ich das innige Bedürfnis in mir, Dich für alles, was ich Dir einst, zwar nicht in böser Absicht, aber doch aus meinem jugendlichen Unverständnis heraus, angetan habe, besonders für meinen Abschiedsbrief um Verzeihung zu bitten. Weil ich keinen Ausweg mehr sah, hatte ich mich kurzentschlossen einer Notlüge bedient, um Dich in Deinen Hoffnungen nicht noch länger hinzuhalten. Die Wahrheit konnte ich Dir damals nicht mitteilen. Nun, da ich alt geworden bin und den Weihnachtsfrieden suche und ihn bis in die verborgensten Winkel meiner Seele hineintragen möchte, ist es mir ein echtes Anliegen geworden, Dir dies mitzuteilen. Frohe Weihnachten! Henriette". Die Karte war vollgeschrieben. Die äußere Form war gut. ‚Anton wird sich sofort an meine Schrift erinnern! Doch nein, es hat sich so Vieles im Laufe meines Lebens an mir und in mir verändert, so auch meine Schriftzüge', dachte Henriette. Sie klebte den Briefumschlag zu und versah ihn mit der Heimatadresse des Empfängers.

Dann nahm sie, ganz in Gedanken an die Zeit mit Anton versunken, ein Blatt Papier zur Hand und noch eines und ein zweites und ein drittes und ein viertes, und die Feder, von ihrer Hand geführt, schrieb und schrieb darauf ohne Unterbrechung, gleichsam, als wollte diese mit den Erinnerungen in ihrem Kopf an jenen Abschnitt der Jugendzeit um die Wette laufen, und es entstand ein langer, ausführlicher Brief:

„Lieber Anton,
ich erinnere mich noch ganz genau an die Zeit, als wir uns in meinem Heimatdorf kennenlernten. Damals waren in einigen Nachbarorten Soldaten einquartiert, und Du warst ihr Anführer. Ich hatte Osterferien. Am Palmsonntag des Jahres '43 ging ich mit meiner kleinen Schwester, die einen großen Palmbuschen in ihren Händen trug, von der Kirche nach Hause. Auf der Straße vor dem Weg, der zu meinem Elternhaus führt, standest Du, der Herr Leutnant. Und warst mit einem unserer Dorfbewohner leutselig in ein Gespräch vertieft. Dieser grüßte uns freundlich, und schon waren wir in Eure Unterhaltung mit einbezogen. Über das Wetter wurde gesprochen, über den April, der tut was er will und über die so überaus schmutzigen Straßen nach den tagelangen Regenfällen. Dann erzähltest Du uns, wo und bei wem Du für ein paar Wochen Deine Zelte aufgeschlagen hattest, und so weiter. Dann trennten sich unsere Wege. Am nächsten Tag sahen wir uns zufällig wieder. Du standest vor dem großen wunderschönen schmiedeeisernen Tor des Schlosses in unserem Nachbarort, in dem Du einquartiert warst. Ich fuhr mit dem

Rad an Dir vorbei, um drei Häuser weiter im Lebensmittelgeschäft einen Einkauf zu tätigen. Erst bemerktest Du mich gar nicht. Doch auf der Rückfahrt erkanntest Du mich schon von Ferne und Du grüßtest mir, freudig überrascht, wie es mir schien, zu, als ich vorbeisauste. Am Ostersonntag gegen Abend machte ich einen Spaziergang über Äcker und Wiesen hinauf zu den sieben Föhren, einem meiner heimatlichen Lieblingsplätze. Eigentlich war der Hügel mit den Föhren mein liebster Lieblingsplatz. Von dort aus konnte man weithin übers Land schauen und bei Schönwetter hatte man einen Ausblick bis ins Ötschergebiet hinein. Ich lief zu meinen Föhren – unser Ururgroßvater hatte sie einst gepflanzt, so hieß es bei uns zu Hause – immer gerne, wenn ich Zeit und Gelegenheit dazu fand. Wenn mir eine besondere Freude beschert wurde, oder wenn mich ein Leid drückte, dann erzählte ich es ihnen in Gedanken. Immer war es mir, als würden sie an meinem Geschick Anteil nehmen, sich mit mir freuen oder mich in meinem Kummer trösten. An jenem Abend war ich von Leid und Freud gleichzeitig erfüllt. Mein Leid galt dem Krieg und seinen Folgen, und meine Freude galt der Natur, die in diesen Frühlingstagen zart erblühte und meine Seele mit neuer Hoffnung und Erwartung durchdrang. Als ich nun so mit verschränkten Armen in meine Kriegs- und Frühlingsgedanken versunken am knorrigen Baumstamm lehnte und in die Nadelkrone hinaufträumte, fühlte ich, daß meine Freunde mich verstanden. So verweilte ich unter ihnen wohl eine geraume Zeit. Und der Friede und die Harmonie des Abends ergossen sich in reicher Fülle über uns.

Da trat aus dem nahen Wald eine hohe Gestalt. Sie näherte sich, und in ihr erkannte ich Dich. Du gingst auf mich zu, und wir lachten uns freundlich an. Du sprachst überrascht und erfreut: „Da hier finde ich Sie! Ich freue mich sehr und wünsche Ihnen einen recht guten Abend!" „O, guten Abend! Finden, sagen Sie? Haben Sie mich denn gesucht?" fragte ich ein wenig herausfordernd. „Eigentlich suche ich Sie immer irgendwie irgendwo, seitdem ich Sie kenne", war Deine Antwort. „Dann ist Ihnen wohl in unserer Gegend hier ein wenig langweilig, nehme ich an. Das tut mir leid für Sie", war meine Entgegnung. „Nein", sagtest Du, „ich bin begeistert von dieser Gegend und ich habe auch genug zu organisieren mit meinen Leuten. Langweilig ist mir, im Grunde genommen, so gesehen nicht. Aber, leben Sie eigentlich immer hier?" „Nein, ich lebe derzeit in Wien. Doch ich bin hier zu Hause." Und so ging es weiter zwischen uns. Bald wußte einer vom anderen, wer er war, was er war und woher er kam. Du gabst mir Dein Geleit bis zu uns nach Hause. Und schließlich batest Du mich um meine Wiener Adresse. So also fing alles heiter, fröhlich und beinahe romantisch an mit uns unter meinen Föhren. Erinnerst Du Dich noch daran?

Kurze Zeit später besuchtest Du mich in Wien. Wir freuten uns beide sehr, als wir uns wiedersahen. Eigentlich hatten wir doch eine schöne Zeit miteinander, trotz aller Mißverständnisse und Schwierigkeiten, die sich manchmal zwischen uns ergaben, lieber Anton. Ach wie sehr lernte ich Dich damals schätzen, wie nötig hatte ich Deine Gesellschaft. Eine Menge von Fotos liegt vor mir: Wir beide am Cobenzl, am Kahlenberg, im Paddelboot auf der Alten Donau, im Hause meiner älteren Schwester, im Garten bei uns daheim, im Schönbrunner Schloßpark, auf der Ringstraße vor der Pallas Athene, vor der Servitenkirche, neben dem Stu-

dentinnenheim, im Riesengebirge bei der Hampelbaude, in Dresden am Zwinger, in Berchtesgaden am Königssee mit meinem Bruder zusammen. Schier andäch-
tig betrachte ich manchmal diese Bilder, und zu jedem
von ihnen fällt mir eine mit Dir gemeinsam erlebte Geschichte ein. Nichts ist meiner Erinnerung entschwunden.

Ich sagte schon, daß ich Deine Gesellschaft zu dieser
Zeit so dringend nötig hatte. Bevor ich Dich kennen-
lernte, mußte ich eine schwere, kummervolle Zeit erleben, und diese lag noch lange nicht hinter mir. Du wußtest nicht, was mich immerfort so sehr bewegte. Ich war
jung und ich liebte das Leben und wollte seine Freuden
in dieser schrecklichen Kriegszeit nicht ganz entbehren
müssen und so war ich von Herzen froh, Dich gefunden
zu haben. Wie sehr hattest Du Dich um mich bemüht,
wie sehr hattest Du mich ehrlichen Herzens geliebt, und
wie wenig war ich von meiner Seele her imstande, Dir
zurückzugeben. Ich wußte genau, daß ich an Dir einen
wundervollen Partner gefunden hatte. Ich schätzte und
achtete Dich sehr und ich hatte Dich gern, von Herzen
gern. Du kannst es mir glauben. Und hätte ich Dich
zwei Jahre früher kennengelernt, so wären ganz gewiß
meine Gefühle für Dich die große Liebe meines Lebens
geworden. Doch darüber später!

Wenn Du im Krieg an der Front warst, schriebst Du
mir viele Briefe. Manchmal waren Deine Briefe infolge
des Kriegsgeschehens traurig, und oftmals klang in
Deinen Zeilen Unsicherheit, Unklarheit und Zweifel, ja
sogar ein wenig Leid mit, wenn Du über Liebe in unserer Beziehung schriebst. Deine Gefühle zu mir waren
groß und klar und gut. Nur selten kann man, nun weiß
ich das genau, mit Sicherheit behaupten, von einem

Menschen wirklich geliebt zu werden. Du hattest mir diese Sicherheit damals gegeben, hattest mich angenommen, so wie ich war, auch mit allen meinen Fehlern. Du stelltest Dir eine wunderschöne gemeinsame Zukunft mit mir in diesem Leben vor, hätte ich Dir versprechen können, nie mehr von Deiner Seite zu weichen. Doch dieses Versprechen konnte ich Dir nicht geben. Du aber konntest den Grund hiefür nicht verstehen. Wie solltest Du auch? Du hattest ja keine Ahnung, was wirklich in meinem Herzen vor sich ging. Wenn wir uns auch oft sehr nahe waren, fühlte ich mich doch immer noch ein kleines Stück von Dir entfernt. Waren es nicht trotzdem wunderschöne Zeiten, die wir gemeinsam verbringen durften? Die vielen Wochenenden bei meiner Schwester, sie hatte Dich so sehr in ihr Herz geschlossen. Die Tage bei meiner Familie in meinem Elternhaus, meine Mutter und meine Geschwister empfanden sehr viel Sympathie für Dich. Die vielen Abende in Wien, die schönen Ausflüge in die Umgebung von Wien, die Besichtigung aller Sehenswürdigkeiten dieser Stadt – wie eindrucksvoll war doch das alles! Wie freute ich mich, wenn es Dir gelang, Dich von irgendeinem Lazarett, in dem Du Dich gerade befandest, in ein Wiener Lazarett versetzen zu lassen, und wir uns wiedersehen konnten!

Wieder einmal hatten meine Freundin und ich, es war im Jänner '44 ein mühsames, anstrengendes Studiensemester nahezu schon hinter uns gebracht, und es erwarteten uns anschließend, im Februar, Ferien. Wir träumten beide schon lange von einem Aufenthalt im Riesengebirge zur Winterszeit. Unbedingt wollten wir dort hin. Doch wie sollten wir diesen Plan verwirklichen, konnte man doch im Krieg nur dann irgendwo hinreisen, wenn man einen Angehörigen oder einen guten Bekannten in einem Lazarett besuchen wollte. Nur so bekam man eine entsprechende Erlaubnis. Als die Ferientage immer näher rückten, und wir keine Möglichkeit sahen, ins Riesengebirge zu kommen, resignierte meine Freundin und sie sah sich bereits wieder in ihrer Heimatstadt die freien Wochen verbringen. Da erklärte ich ihr voller Optimismus und voller Gewißheit: „Ich bin ganz fest davon überzeugt, daß wir ins Riesengebirge fahren werden. Nur habe ich vorläufig überhaupt keine Ahnung, wie das geschehen soll."

Einen Tag später kam ein Brief von Dir. Ich traute meinen Augen nicht, als ich las: „Vor mir liegt in voller Pracht und Herrlichkeit das Riesengebirge, und ich liege hier in Lehn im Lazarett. Ich wurde am Oberschenkel verwundet und hierher transportiert." Wie freutest Du Dich damals, als es mir gelang, Dich dort zu besuchen, als ich plötzlich vor Dir stand! Meine Freundin und ich zogen anschließend weiter in die wunderschöne Hampelbaude. Es war ein prachtvolles Naturerlebnis dort oben in dieser herrlichen, in der Wintersonne gleißenden Schneelandschaft. Die tief verschneiten Wälder waren von einer solchen geheimnisvollen Romantik erfüllt, daß man meinen hätte können, es käme einem irgendwann von irgendwoher tatsächlich der vielbesungene Rübezahl mit seinen Zwergen entgegen. Meine Freundin und ich fühlten uns auf diesem Stück Erde damals beinahe wie im Paradies. Wir genossen den verharschten Schnee, den herrlichen Sonnenschein, borgten uns Schier aus und sausten, sie mit mehr, ich mit weniger Geschicklichkeit, die Hänge hinab. Dann machten wir Rodelpartien, bis ins Tal hinunter. Während es uns so prächtig erging, mußtest Du die Tage liegend im Lazarett verbringen.

Doch eines Abends standest Du plötzlich vor mir. Ich konnte es kaum fassen, Du wagtest mit Deinem verwundeten Bein zu Fuß den langen steilen, tief verschneiten Weg hinauf zur Hampelbaude – ohne ärztliche Genehmigung. Du wolltest mich überraschen, suchtest meine Nähe und warst glücklich darüber, daß Dir der beschwerliche Aufstieg gelungen war. Ich war gerührt. Jedoch ich konnte mich nicht recht freuen, weil Du keine Rücksicht auf Dein Bein und Deine Gesundheit genommen hattest. So rügte ich Dich ob Deines Leichtsinns. Doch es ging anscheinend alles gut. Du klagtest nicht über Schmerzen, und die Wunde war tatsächlich schon im Verheilen begriffen. Während der Nachhausefahrt verbrachten wir, Du und ich, noch einen unvergeßlichen wunderschönen Tag in Dresden, wo es damals glücklicherweise noch keine Zerstörung durch Bombenangriffe gab. Aber, dies alles weißt Du ja ohnehin, haben wir doch öfters noch darüber gesprochen.

Manchmal in Wien, wenn Du mich vom Heim abholtest, und wir den Abend in einem Lokal verbrachten und wenn wir gerade Probleme miteinander hatten, dann kam es vor, daß Du ein wenig zuviel des Weines getrunken hattest. Da wurdest Du dann plötzlich ein anderer Mensch, ein Nörgler, ein Pessimist. Aus Deinen vorwurfsvollen, bitterernsten Worten sprach immer Verzweiflung und Hoffnungslosigkeit über den Krieg, der aller Wahrscheinlichkeit nach ein verlorener sein würde, und über die durch ihn vergeudete und für immer entschwundene Zeit Deines Lebens. Und dann beklagtest Du unsere Gemeinsamkeit, die zwar vorhanden war, aber der, wie Du spürtest, vermutlich doch keine

Zukunft beschieden war. Du machtest mir bittere Vorwürfe, daß ich so oft Zeichen meiner Liebe zu Dir setzte, obwohl mein Herz nicht so ganz Dir gehörte. Du machtest Dir tausend Gedanken darüber und auch Selbstvorwürfe, suchtest die Schuld bei Dir für den Abstand, den es immer noch zwischen Deinem und meinem Wesen gab. Du quältest Dich und Du quältest mich. Ich verstand Dich im Grunde genommen schon, aber für Deine auf mich nicht gerade angenehm wirkenden Weinlaunen-Verzweiflungsanfälle hatte ich keinerlei Verständnis. In solchen Situationen hattest Du es beinahe fertiggebracht, mir meine Lebensfreude und meinen Optimismus zu nehmen. Manchmal bekam ich Angst, daß Du der Trunksucht verfallen könntest. Was wieder ein Grund mehr für mich war, meine Gefühle von Dir ein Stück weiter abzuwenden. Anton, Du hattest es gewiß nicht leicht in Deiner Situation: Der Krieg, der immer sinnloser und tragischer wurde, dazu noch ich mit diesem ewigen Hin und Her: „Liebe ja, Liebe nein!"

Es wäre meiner Ansicht nach für uns beide besser gewesen, die Minuten, die Stunden, die Tage, die uns gerade beschert waren, ohne so viel Kopfzerbrechen wahrzunehmen, ohne so sehr an die Zukunft zu denken. Du warst Soldat, es war Krieg, und es war nicht vorauszusehen, was uns morgen beschieden war. Ich war Studentin, ich wollte möglichst rasch mein Studium beenden. Und daneben natürlich auch mein junges Leben leben, so gut es eben möglich war. Ohne größere Komplikationen und ohne Leichtsinnigkeiten. Ich war nicht leichtsinnig, Du wußtest es genau! Immer aber war ich aufgeschlossen für alles Schöne im Leben, und Du hast mir davon Vieles gegeben und geboten. Freuen konnte ich mich über alles, was mir lebenswert erschien und ich glaube auch, daß ich, obwohl ich nicht restlos glücklich sein konnte, dennoch immer Fröhlichkeit um uns zu verbreiten wußte, vor allem mit meinem Lachen, das so recht von Herzen kam, wie Du immer betontest und das Du so sehr an mir zu schätzen wußtest.

Als wir dann wieder einmal in meinem Elternhaus waren, bedrängtest Du mich mit Deinem Wunsch, sobald sich Gelegenheit böte, mit Dir zu Deiner Familie, zu Deiner Mutter nach Mainfranken zu fahren. Da sträubte sich plötzlich etwas in meinem Herzen dagegen. Du wurdest bei uns zu Hause stets mit Freuden aufgenommen. Niemand, auch nicht meine Mutter, fragte jemals, ob wir unsere Freundschaft später mit der Ehe besiegeln wollten. Sie war sehr großzügig für damalige Verhältnisse. Aber wie würde sich Deine Mutter verhalten? Ich wollte nicht als Deine Zukünftige vor sie hintreten. Ich konnte es nicht. So mußte ich Dir erklären, daß es besser wäre, unsere liebevolle Freundschaft vorerst im Verborgenen blühen zu lassen, und daß ich Deine Familie jetzt nicht kennenlernen möchte. Ich sagte Dir das ziemlich energisch und ohne Widerruf. Dir wurde nun die ganze Aussichtslosigkeit Deines Vorhabens bewußt, und Du konntest es nicht verstehen, daß ich Dir diesen Deinen Herzenswunsch abschlug, seine Erfüllung einfach ablehnte aus für Dich unbegreiflichen Gründen. Plötzlich brachst Du, seelisch sehr aufgewühlt, in Tränen aus. Ich beschwichtigte Dich, so gut ich konnte und hätte doch am liebsten selber mitgeweint. Kam ja nun auch mir die Traurigkeit meines persönlichen Schicksals, die gleichzeitig von Hoffnung und Hoffnungslosigkeit erfüllte Zerrissenheit meines Wesens nur zu stark in den Sinn. In diesen Augenblikken erklärtest Du mir, daß mir, Du würdest es genau spüren, einmal ein großes Unheil durch einen unwürdigen Lebenspartner zustoßen könnte, wenn es Dir nicht gelänge, mich für immer an Deiner Seite festzuhalten. Da wurde ich sehr ungehalten und entgegnete Dir hochmütig und empört, ob Du mir denn so wenig Intelligenz und Menschenkenntnis zutrauen würdest, daß mir so etwas überhaupt jemals passieren könnte. Über diese Deine Zumutung war ich sehr entrüstet, sodaß ich im Augenblick am liebsten gleich alle Bande zu Dir abgebrochen hätte. Doch ich beruhigte mich wieder und wertete Deinen Ausspruch in meinen Gedanken kurzerhand ab zu einem eifersüchtigen Hirngespinst. Wir sprachen niemals mehr darüber.

Dann gingst Du wieder zu den Soldaten zurück. Mittlerweile beendete ich mein Studium. Anschließend besuchte ich meinen verwundeten Bruder in einem Lazarett in Berchtesgaden am Königssee. Ein paar Tage später kamst Du auch dorthin. Wir verbrachten drei Tage in dieser schönen Gegend. Das war Ende August '44. Im September kamst Du wieder an die Front, nach Rußland. Wir schrieben uns noch einige Male. Später aber hörten wir nichts mehr voneinander. Denn das turbulente Kriegsende nahte und kam dann auch mit aller Härte herbei. Schwere Zeiten waren das damals, als bereits in Wien die Bomben fielen, und dann während des Kriegsendes, das ich in meinem Elternhaus bei meiner Familie verbrachte, als die Granaten über unseren Köpfen dahinsausten und rundherum einschlugen, denn bei uns war noch Kriegsschauplatz, und dann die Tage, Wochen und Monate danach, als in meiner Heimat die siegreichen Russen wüteten. Ein paar Monate nach Kriegsende zog ich wieder nach Wien, um weiterhin in meinem Beruf zu arbeiten.

Nach dem Kriegsende im April '45 war Groß-
deutschland zerfallen. Es gab wieder ein Deutschland,
und die Ostmark wurde zu Österreich, und dazwischen
lagen feste Grenzen. Und überall herrschten die alliier-
ten Besatzungsmächte, die sich die Landesgebiete auf-
teilten, wie es ihnen gefiel. So kamst Du eines Tages
auf die Idee, mich mithilfe des Roten Kreuzes suchen
zu lassen. Also fandest Du meine Adresse und konntest
mir wieder schreiben. Du hattest nach dem Krieg in
erstaunlicher Kürze Dein Studium abgeschlossen und
auch bereits eine Stelle im Staatsdienst in Würzburg
gefunden. Früher einmal, als die Ostmark ein Teil des
Deutschen Reiches war, erwähntest Du manchmal, daß
es Dir sehr viel Freude machen würde, später einmal
Dein Leben in Wien verbringen zu können. Das aber
war nun aus politischen Gründen nicht mehr gut möglich. Du teiltest mir dann also brieflich Deinen Plan
mit, Dich mit mir oben auf dem Berg an der Grenze
zwischen Österreich und Deutschland, wo es möglich
war, die Grenzen ein wenig zu sprengen, treffen zu
wollen. Erst fühlte ich mich unfähig dazu. Als Du mich
aber, zwar keinesfalls aufdringlich, aber doch sehr ein-
dringlich darum batest, Dir diesen Deinen Wunsch zu
erfüllen, willigte ich schließlich ein. Ich sagte mir, daß
es an der Zeit wäre, Dich über mich und über alles, was
in mir so vorging, aufzuklären.

Doch dann, als wir uns gegenüberstanden und alles
eigentlich wieder so war wie früher, bevor der Krieg
die lange Trennung voneinander herbeiführte, überfiel
mich abermals eine Verstocktheit, ein innerer Zwang zu
schweigen, Dir keinen Einblick in meine Seele zu geben. Ich fühlte mich nicht imstande, das eine große, für

mich so bedeutende Erlebnis, das ich Dir niemals mitteilte, nun doch mit Worten zerreden zu wollen. Und dann, Du weißt ja, fuhr ich davon, drei Stunden früher, als es geplant war. Ich saß im Zug. In Gedanken sah ich Dich vor mir und hörte Dich nach meinem kurzen Geständnis sagen: „Du jagst einem Phantom nach, ja, einem Phantom." Und plötzlich wurdest Du mir wieder fremd. Ganz fremd. Viel fremder als jemals zuvor. Und das ängstliche Empfinden in mir, daß alle meine Hoffnungen zerstört werden könnten, würde ich mein Geheimnis einem anderen Manne anvertrauen, erfüllte mich aufs Neue, als später ein Brief von Dir kam. Aus ihm drängte sich mir Deine Bitte nach einem neuerlichen Wiedersehen entgegen, das Dir Gelegenheit geben würde, mit mir über gemeinsame Zukunftspläne zu sprechen.

Da glaubte ich mit einem Mal, sicher zu wissen, Wien nicht verlassen zu können, um mit Dir in einer zwar sehr schönen, aber doch recht fremden Stadt ein Leben aufzubauen. Also blieb mir damals nichts anderes übrig, als ein jähes Ende unserer Freundschaft herbeizuführen. Weil ich außerstande war, Dir die Wahrheit, meine Wahrheit, mitzuteilen, bediente ich mich einfach einer Notlüge, als ich Deinen Brief vier Wochen später beantwortete. Ich schrieb Dir mit einer gewissen egoistischen Härte, wie man sie wohl nur in den Jugendjahren in sich hat und mit viel zu wenig Einfühlsamkeit in Dich und Deine Empfindungen, was mir aber erst später so richtig bewußt wurde, daß ich inzwischen plötzlich meine ganz große Liebe gefunden hätte, und daß es deshalb kein Zurück mehr zu Dir geben könnte, und ich wünschte Dir aus ehrlichem und vollem Herzen viel Glück für Deine Zukunft, das große Lebensglück mit einer geliebten Partnerin und einer fröhlichen Kinderschar. Du verstandest und Du verschwandest aus meinem Leben. Mit dieser Unwahrheit, die ich Dir mitteilte, wollte ich den Weg des geringsten Widerstandes gehen. In unser beider Interesse, wie ich damals meinte. Inzwischen aber erkannte ich längst schon, daß Du es verdient hättest, meine volle Wahrheit zu erfahren. Großzügig, wie Du warst, hättest Du mich gewiß zu verstehen versucht. Wir hätten auf diese Weise gute Freunde bleiben können, auch dann, wenn jeder von uns seinen eigenen Weg eingeschlagen hätte.

Nun aber, in meinen alten Tagen drängt es mich, Dir mein so streng gehütetes Geheimnis aus meiner Jugendzeit mitzuteilen. Der ersten großen Liebe meines Lebens begegnete ich im Jahre '41 und im Jahre '42 verlor ich sie auch schon wieder. Aber ich hatte ihn, den ich wirklich mit aller Innigkeit meiner jungen und unverbrauchten Gefühlskraft zu lieben glaubte, zu dem ich mich so sehr hingezogen fühlte wie zu keinem anderen Menschen auf dieser Welt, eben nicht so ganz, nicht so gewiß, verloren. Er war im Krieg nicht gefallen, sondern er galt als vermißt in Rußland. Es war uns wenig Gemeinsamkeit beschieden, ein paar kurze Tage nur. Hand in Hand durchstreiften wir meine und seine Heimat, die drüben am anderen Donauufer lag. Wir zogen durch Wald und Flur und fühlten uns wie zwei Königskinder, die unsagbar glücklich waren, dennoch aber das tiefe Wasser, das zwischen ihnen lag - das war der Krieg - nicht ganz übersehen konnten. Als er ein paar Monate später gegen Rußland zu Felde ziehen mußte, gab ich ihm mein Versprechen auf ihn zu warten bis zu seiner Wiederkehr. Wir trafen uns kurz vorher für zwei Stunden in Wien und nahmen Abschied voneinander. Es war ein schwerer Abschied, doch er war getragen von der Hoffnung auf unser Wiedersehen. Ich gab ihm mein Versprechen gerne und aus vollem Herzen. Briefe ohne Zahl flogen hin und her, von der Heimat zur Front und umgekehrt, neun Monate lang. Dann blieben seine Briefe aus. Er geriet in Gefangenschaft. Das war im Herbst '42. Seitdem also galt er als vermißt. Und seitdem wartete ich auf ein Lebenszeichen von ihm und auf seine Wiederkehr nach dem Kriegsende. Ich konnte den Glauben an unser Wiedersehen zu dieser Zeit niemals aufgeben. Ich bangte und hoffte und wollte mir von niemand meine große, ungebrochene Hoffnung zerstören lassen. Einige Jahre später erkannte ich, daß all mein Hoffen und Warten vergebens war. Er kam niemals wieder.

Kannst Du mich und mein Verhalten, wie ich es Dir hier schildere, nun begreifen und mich verstehen. Heute aber weiß ich, daß es gut und richtig gewesen wäre, wenn ich damals, als wir soviel Zeit miteinander verbrachten, frei und offen über alles, was mich bewegte, zu Dir gesprochen hätte. Aber ich war verstockt und haderte insgeheim immerfort mit dem Schicksal über mein Los. Unverstanden war ich mir oft vorgekommen in Deiner Nähe und allein fühlte ich mich manchmal zu zweit mit Dir, in meiner zerrissenen Seele. Dennoch, ich war von Herzen froh, Dich gefunden zu haben in der Zeit, als mein Kummer so groß war, daß ich ohne Dich, ohne die Ablenkung durch Dich, ohne Dein Wohlwollen, ohne Deine Zuwendung und ohne Deine Nähe vermutlich sehr, sehr unglücklich gewesen wäre. Vielleicht hätte ich mich von Dir trennen sollen, als ich spürte, daß Deine Gefühle für mich sich immer mehr vertieften. Ich hatte es manchmal in Erwägung gezogen, Deinetwegen. Doch ich hätte es nicht fertig gebracht. Aus egoistischen Gründen, wahrscheinlich, aber auch, weil ich mich mit Dir verbunden fühlte, auf meine Weise und Dich damals nicht verlieren wollte in dieser schrecklichen Zeit des Krieges. Da ich jung war, glaubte ich ein Anrecht auf ein wenig Liebe zu haben, ohne viel an die Zukunft zu denken. Das aber konntest Du nicht verstehen. So tat ich Dir öfters weh, nicht mit Absicht, sondern aus Verstocktheit eben. Und – auch aus jugendlicher Unbedachtsamkeit und mit zuwenig Einfühlungsvermögen in Dich und Deine damalige Gefühls- und Gedankenwelt. Und dafür bitte ich Dich um Vergebung.

Nach einigen Jahren heiratete ich. Es stellte sich aber später heraus, daß ich wahrhaftig einen Wolf im Schafspelz fürs Leben erwählt hatte. Es kam also tatsächlich so, wie Du es einst in jener denkwürdigen stillen Stunde bei uns daheim befürchtet und es mir vorausgesagt hattest. Oft dachte ich dann an Deine Worte. Doch niemals hätte ich Dir mein Mißgeschick mitgeteilt. Dazu wäre ich wahrhaftig zu stolz gewesen. Als es mir nach vielen rastlosen Jahren meines Lebens ein wenig besser erging, kam mir manchmal der Gedanke, an Dich zu schreiben. Doch ebenso schnell, wie ich diesen Gedanken gefaßt hatte, verwarf ich ihn auch wieder. Es wäre schrecklich gewesen, mich von Dir bemitleidet zu wissen. Erst viel später, als ich die Gewißheit hatte, daß mir die Überwindung des Schicksals, das ich mir durch meine falsche Partnerwahl auferlegt hatte, gelungen war und ich schon nahe der beruflichen Pensionierung stand, faßte ich den Entschluß, Dir irgendwann ein paar Zeilen zu schreiben. Doch ich zauderte noch lange, denn ich wollte nicht aufdringlich erscheinen, nach beinahe vierzig Jahren, die inzwischen vergangen waren.

Nun aber liegen sie vor mir, meine Weihnachtsgrüße an Dich, mein Wiedergutmachungsversuch. Morgen geht er ab zur Post. Diesen Brief, so wie er mir jetzt, wohl ein wenig ungeordnet, aus der Erinnerung an unsere gemeinsame Zeit in die Feder geflossen ist, will ich Dir später schicken, wenn ich ein Echo von Dir auf meine Weihnachtsgrüße erhalten habe. Vielleicht wirst Du mich verstehen und mir verzeihen können! Und vielleicht werden wir uns dann ab und zu freundschaftliche Worte hin- und hersenden!

Henriette"

Weihnachten war längst vorüber. Das neue Jahr hatte Einzug gehalten. Die Tage und Wochen liefen dahin. Henriette wartete vergebens auf ein Lebenszeichen von Anton. ‚Vielleicht', dachte sie, ‚habe ich ihm damals so wehgetan, daß er mir nicht verzeihen kann oder daß er es nicht der Mühe wert findet, mir zu antworten! Vielleicht ist er mit Großvaterpflichten überfordert und findet keine Zeit und keine Ruhe dazu! Vielleicht ist er so glücklich, daß er keine Gedanken mehr an die Vergangenheit verschwenden will! Vielleicht, vielleicht! Irgendeinen Grund wird er schon haben!' Doch es verhielt sich anders mit seinem Schweigen. Mitte Februar kam ein Brief von seiner Schwester. Sie teilte Henriette mit, daß Anton vor zwei Jahren an den Folgen eines Leberleidens, das er sich im Krieg zugezogen hatte, verstorben war.

Der Trost der Mutter

Was war sie doch nur für ein zauberhaftes Geschöpf, unsere Katharina, kurz Kathi genannt, als sie zu einem jungen Mädchen heranwuchs! Aus ihrem rosigen Gesicht leuchteten vergißmeinnichtblaue fröhliche Augen einem jeden Menschen entgegen, der sie ansah. Die fülligen, haselnußbraunen Haare hatte sie manchmal zu einem Knoten am Hinterkopf hinaufgesteckt, meistens aber zu zwei dicken Zöpfen geflochten als sogenannte Gretlfrisur kreisförmig vom Nacken her bis zur Stirn um ihren Kopf geschlungen. Es war schwer zu sagen, welche Art von Haartracht ihr besser stand, sie sah sowohl mit der einen als auch der anderen lieblich und anmutig aus. Sie war hochgewachsen und gertenschlank. Immer war sie guter Dinge, auch bei der Arbeit, zu der sie schon von jung auf ganz schön herangezogen wurde in Haus und Hof und auch am Feld.

Sie wurde im Jahre 1914 als viertältestes Kind von vorläufig sieben Geschwistern geboren. Fünf von ihnen, die Kathi und ihre Brüder, standen wie die Orgelpfeifen da, wenn sie sich am Sonntag sauber herausgeputzt zum Kirchgang bereit in der Stube versammelten.

Das war in den frühen zwanziger Jahren. Die anderen zwei Geschwister waren um Etliches jünger. Fünf Jahre lagen zwischen dem jüngsten der älteren und dem ältesten der jüngeren Geschwister. Das war die Zeit des ersten Weltkrieges, während der sich der Vater in Kriegsgefangenschaft befand. Später folgten noch drei Geschwister. Die Eltern waren sehr fromm und da sie nicht gerade arme, sondern eher wohlhabende Bauersleute waren, und es genug Arbeit für die heranwachsenden Kinder gab in ihrem Hof, lebten sie nach dem Grundsatz „Viel Kinder, viel Segen!" und sie waren dem Grundsatz treu, wie viele Leute damals: „Schickt der Herr ein Haserl, so schickt er auch ein Graserl!" Man wußte zu dieser Zeit noch nichts von der Überbevölkerung auf Erden und noch nichts von der heute üblichen Empfängnisverhütung.

An einem wunderschönen Septembertag des Jahres '32 wurde wie alljährlich in der heimatlichen Wallfahrtskirche ein großes Fest zu Ehren der schmerzhaften Mutter Gottes gefeiert. Unsere Kathi, die nicht nur schön und lieblich anzusehen war, erfreute sich auch einer glockenhellen Sopranstimme. So kam es, daß sie schon in ganz jungen Jahren, noch während ihrer Schulzeit, zu einer Kirchenchorsängerin auserkoren wurde. Es war üblich, daß zu diesem Marienfest Jahr für Jahr von weit und breit die Gläubigen herbeiströmten, um dieses religiöse Hochfest feierlich zu begehen. Vermutlich waren unter diesen vielen Menschen etliche, vor allem manche junge Männer, die dieses Kirchenfest nicht mit allzu großer Frömmigkeit und mit einem weniger festen Glauben begangen hatten, sondern es eher als eine Art religiösen Brauchtums empfanden, aber auch sie konnten sich gewiß dem starken

Einfluß des Gemeinschaftserlebnisses und dem frommen Zauber der erflehten gottesmütterlichen Gnade nicht entziehen.

Also stand nun unsere Kathi hübsch gekleidet vorne beim Gnadenaltar im Kreise ihrer Sangesschwestern und Sangesbrüder, und als das vielstimmige Loblied zu Ehren der Mutter Gottes in lateinischer Sprache, vom Notenblatt herunter gesungen, beendet war, warf sie ihren Blick in die Schar der Musikanten, die mit ihrer Blasmusik den feierlichen Chor begleiteten. Es hatten sich diesmal nicht nur die pfarreigenen Bläser eingefunden, sondern auch etliche Blasmusikanten aus der Nachbarpfarre. Während sie nun ihre Augen von einem Musikanten zum anderen schweifen ließ, begegnete ihr Blick mit einem Mal einem jungen Mann unter ihnen, den sie bisher noch niemals gesehen hatte. Dieser aber hatte längst schon sein Augenmerk auf sie und immer nur auf sie gerichtet. So kam es, daß sich beider Blicke plötzlich ineinander verfingen, aneinander hängen blieben.

Kathi wußte erst nicht recht, wie ihr geschah. Ein für sie fremdes Wohlgefühl, ein Glücksgefühl förmlich, durchzuckte ihren Körper und ihre Seele. Der junge Mann - er mochte vielleicht dreiundzwanzig oder vierundzwanzig Jahre alt sein - gefiel ihr, gefiel ihr so sehr, daß sie ganz verlegen und rot im Gesicht wurde. Unwillkürlich entzog sie ihm daher ihren von ihm eingefangenen Blick und wendete ihn voller Scheu wieder ihrem Notenblatt zu. Was aber war das nur für ein seltsames, großes, sie so sehr bewegendes Gefühl, das sie da empfand!

Sie wußte wohl, daß so mancher junge Mann sich um sie bemühte und sie mit Freuden ansah, betrachtete, ihr schöne Augen machte und je nach Mut ihr lobende und oftmals auch begehrende Worte sagte. Das gefiel ihr zwar, denn sie wußte, daß sie von liebreizendem Aussehen war und daß auch mancher von ihnen nicht allein ihr Äußeres sondern auch ihr liebenswertes und herzliches Wesen zu schätzen wußte. Aber bisher hatte sie noch nie ein Blick so beeindruckt wie dieser, dem sie eben begegnet war, der sie förmlich bis ins Herz getroffen hatte, und da sie manchmal auch schon von der Liebe auf den ersten Blick erzählen gehört hatte, glaubte sie fest, daß dieses von ihr zum ersten Male empfundene Blickerlebnis so etwas gewesen sein mußte. Verstohlen vom Notenblatt aufschauend und gleichzeitig den frommen Worten des Pfarrers lauschend, konnte sie bemerken, daß sich ihr flüchtiger Blick und der allem Anschein nach immerwährend auf ihr ruhende Blick des jungen Mannes, der ihr so gut gefiel, wiederum begegneten. Und da verspürte sie auch schon echtes lautes Herzklopfen, errötete aufs Neue und blickte dann etwas verschämt am Notenblatt vorbei zu Boden.

Die priesterliche Ansprache war beendet. Die Träger der Marienstatue, der Pfarrer und die Ministranten und gleich hinterdrein der Musikverein, die Sänger und die Bläser und die anderen Vereine mit ihren Fahnen formten sich zu einem langen Zug und zogen durch den Mittelgang zum Ausgang der Kirche hinaus auf den Kirchenplatz. Die Schar der Gläubigen schloß sich ihnen an. Dann setzte sich der Zug in Bewegung entlang der Allee zum Friedhof hin, am Friedhof vorbei und auf den Feldweg zur Ortsstraße hinunter. Dann machte er die Runde durch das Dorf, um von der anderen Seite schließlich wieder zum Gotteshaus zurück zu gelangen.

Der Segen der Gottesmutter sollte auf diese Weise in die geschmückten Häuser hinein und in die Fluren hinaus getragen werden. Die Blasmusikanten spielten während des Umzugs festliche fromme Weisen. Dann wieder waren die Chorsänger an der Reihe, die ihre in lateinischer Sprache gesungenen Lieder der Gnadenmutter zujubelten. Schließlich stimmten die übrigen Gläubigen die allseits wohlbekannten Marienlieder an. Diese klangen feierlich und schallten laut in Gottes freie Natur hinaus. Als dann das Fest zu Ende war, wurden - es war so üblich - die Chorsänger und die Musikanten ins Gasthaus zu einem Festtagsschmaus eingeladen, den sie sich nun auch wohl verdient hatten.

Unserer Kathi wurde es immer mehr bewußt, daß sie sich heute zum ersten Mal richtig verliebt hatte, eben in diesen Musikanten, der nun in einiger Entfernung ein paar Tische weiter weg ihr gegenüber saß. Dieser wendete seine Augen kaum mehr ab von Kathis Angesicht. Es schien, daß er auch dann, als das Essen aufgetragen wurde, sich einfach nicht in das köstliche Mal vertiefen konnte. Mit stetem, ihrem Antlitz entgegen gewendeten Blick und mit einem glückstrahlenden Lächeln in seinem Gesicht hoffte er, einen Gegenblick von ihr zu erhaschen.

So also begann es damals im September des Jahres '32 mit den beiden Liebenden im Schutze des gnadenreichen Festes zu Ehren der Mutter Gottes. Die Kathi und der Fritz, so hieß der junge Mann, wurden ein glückliches Paar. Sie heirateten, als Kathi dreiundzwanzig Jahre alt war, das war im Jahre '37. Kathi bekam von ihren Eltern eine gute Ausstattung und auch ein schönes Stück Land. Der Fritz bekam seinen Erbteil in barer Münze ausbezahlt, und so entschlossen sie sich, das große schöne Dorfgasthaus im Heimatdorf von Fritz mit dem kleinen Lebensmittelgeschäft und der Trafik erst einmal als Pächter zu übernehmen, um es dann später, in einigen Jahren vielleicht, als Besitzer erwerben zu können. Im Frühjahr des Jahres '39 kam ihr erster Sohn zur Welt. Im Juni des Jahres '42 war es dann so weit, daß auch der Fritz erbarmungslos zum Militär und zum Dienst an der Front eingezogen wurde, und die Kathi mit ihren mannigfachen Pflichten ohne die Hilfe ihres Gatten zurechtkommen mußte. Im Oktober des Jahres '42 kam der zweite Sohn zur Welt, und Ende Februar des Jahres '43 wurde der Kathi die Nachricht überbracht, daß ihr Fritz während der Schlacht um Stalingrad auf dem Felde der Ehre gefallen war.

O unbarmherziges Schicksal! Nun stand sie da, die arme junge Frau, die Kathi, mit zwei Kindern, der Wirtschaft, dem Gasthaus und dem Geschäft, alleingelassen von ihrem so innig geliebten Mann, der nun in seinen jungen Jahren ein Opfer des Krieges, eines der vielen unglücklichen Opfer dieses sinnlosen Krieges geworden war. Seinen zweiten Sohn hatte der Vater nicht einmal mehr zu Gesicht bekommen. Die stets so zuversichtliche, so lebensfrohe, so hoffnungsvolle Kathi drohte nun zusammenzubrechen, zu verzweifeln. Sie fühlte sich mit einem Mal all ihrer Kräfte, der seelischen und der körperlichen, beraubt.

Einige Tage später, im März, als das Eis im großen, nahe gelegenen Bach schon geschmolzen war, stand sie am Ufer. Die Verzweiflung über ihr Schicksal, über die Ausweglosigkeit ihres Daseins, über ihre Trauer, über ihre Hilflosigkeit verdunkelte ihr Gemüt, und sie war nahe daran, sich in die reißenden kalten Fluten zu stürzen, um von allem Übel erlöst zu werden. Nur der Gedanke an die Kinder, an diese kleinen Wesen, die noch viel hilfloser waren als sie selbst, ließ sie vor diesem Vorhaben zurückschrecken. Weinend ging sie nach Hause zurück, liebkoste unter Tränen ihre Kinder und schwor ihnen in Gedanken für sie weiterzuleben und für sie, das Einzige, was ihr von ihrem einstigen Glück geblieben war, den Lebenskampf aufzunehmen, allein und irgendwie. Doch das Wie wußte sie noch nicht. Die tieftraurige Kathi hatte aber dennoch weiterhin Angst vor dem großen Bach, Angst davor, daß sie dieses Wasser eines Tages in ihrer Verzweiflung doch noch zu sich hinunter ziehen könnte. Und so mied sie lange Zeit noch den Weg zum Ufer hinüber, an dem sie einstmals so oft frohen Sinnes mit ihrem Fritz am Sonntagnachmittag entlangspaziert war.

Als sie nach einigen langen Wochen wieder so weit war, daß sie es fertigbrachte, in die Kirche, in die ihr so sehr vertraute Wallfahrtskirche zu gehen, begann sie bitterlich zu weinen, als sie eintrat. Kniend warf sie sich beim Gnadenaltar der Marienstatue zu Füßen. Sie flehte die Gottesmutter an um Hilfe in ihrer Not, während sie aber gleichzeitig Anklagen herzzerbrechend hervorschluchzte: „Himmelmutter, hilf mir! Aber, wieso hast Du das alles zulassen können? Wieso? Unter Deinem Schutz und Schirm haben wir uns, der Fritz und ich, gefunden und wir waren so glücklich miteinander und wir waren Dir immer so dankbar dafür. Immer, Tag für Tag, haben wir zu Dir gebetet, haben wir Dir gedankt! Wieso hast Du uns nun so verlassen? Wieso? Warum? Wieso gerade uns?" Und sie weinte und weinte und sie klagte an. Herzzerreißend.

Das geschah eine halbe Stunde vor dem Beginn der Sonntagsmesse. Die Kathi war ganz allein in der großen

Kirche und da sie sich unbeobachtet fühlte, gab sie sich aus der Tiefe ihrer Seele heraus ganz ihrem Schmerz und ihrer Anklage hin. Da trat, von der gegenüberliegenden Seitentüre herkommend, Kathis Mutter ins Gotteshaus ein. Auch sie war vom großen Leid ihrer Tochter zutiefst berührt, erschüttert. Aber es lag nicht in ihrem Wesen, anzuklagen. Von echter Frömmigkeit und tiefem Glauben erfüllt, nahm sie stets alles Leid, das ihr auf dieser Welt auferlegt wurde, gottergeben an. Den Mann hatte sie vor zwei Jahren verloren. Er starb an den Folgen einer schweren Krankheit, die er sich im Ersten Weltkrieg geholt hatte, und ihre vier Söhne waren in diesem Krieg an der Front.

Nun gewahrte sie ihre weinend schluchzende Tochter. Sie ging hin zu ihr, nahm sie schweigend beim Arm und führte sie mit zitternder Hand zu ihrer Kirchenbank zurück und dann sagte sie tröstend: „Setz Dich nieder und wein nicht mehr so viel! Denk an die Gottesmutter, die ihren Sohn am Kreuz sterben gesehen hat! Denk an ihr Leid und du wirst das Deine besser ertragen und nicht verzagen! Wir, Deine Geschwister und ich, wir werden Dich nicht im Stich lassen. Wir werden Dir helfen, Dir und den Kindern. Der Herrgott und die Himmelmutter werden uns beistehen und sie und wir werden Dich niemals verlassen."

Toni

August '43, aus meinem Tagebuch:

Toni war in Italien, in Livorno. Auf Sardinien hat er sich die Malaria geholt.

„Du warst später in einem Lazarett und dann kamst Du nach Hause. Deine Malariaanfälle, Fieber, Kopfschmerzen habe ich noch in lebhafter Erinnerung. Deine Krankheit wurde ausgeheilt, Gott sei Dank! Doch dann kamst Du an die Front und wurdest verwundet. Anschließend, im August '44 befandest Du Dich in einem Lazarett in Bad Wissee am Tegernsee. Ich besuchte Dich dort. Vom Lazarett wurdest Du in eine Kaserne nach Regensburg geschickt. Von Regensburg wurdest Du über Wien in Richtung Pilsen beordert. Das war im Jänner '45.

Ich begleitete Dich zum Nordbahnhof. Dort standen eine Unmenge Soldaten herum. Es war ein Kommen und ein Gehen, ein Warten und ein Zugeteiltwerden. Es herrschte eine bedrückte Stimmung unter den vielen jungen Menschen. Ich empfand es so. Drinnen im

Bahnhofsgebäude verabschiedeten wir uns voneinander. Mir war unendlich bang im Herzen. ‚Wozu noch einmal hinaus in die Gefahr des Krieges, der ohnehin schon verloren war? Wieso ist es nicht möglich, Hitler zur Kapitulation zu zwingen angesichts dieses sinnlosen Mordens? Toni, meine Angst um dich ist groß!' Das waren meine Gedanken, meine leidvollen Gedanken. Du merktest mir meine Wehmut und meine Besorgnis an und sagtest: "Um mich mach dir ja keine Sorgen! Mir passiert schon nichts Ernsthaftes." ‚Dein Wort in Gottes Ohr!' dachte ich bei mir. ‚Du warst ja immer ein großer Optimist.' Und Tränen standen mir in den Augen. Ich drehte mich um und ging von dannen. Und mein Herz war schwer.

Zwei Tage später kam Deine Karte aus Pilsen, vom 19.1.'45. Du schriebst: „Bin hier auf der Durchfahrt und komme nach Straschitz zur Artillerie. Heute nachmittag fahren wir weiter und am Abend werden wir dort ankommen. Dieser Ort liegt zwischen Pilsen und Prag. Viele Grüße von Deinem Bruder Toni". Zwölf Tage später erhielt ich einen Brief von Dir, vom 31.1.'45, in dem Du mir von Deinem derzeitigen Soldatenleben erzähltest. Dann hörten wir nichts mehr von Dir. Wir erfuhren aber, daß Du von Straschitz nach Berlin überstellt wurdest.

Von dort sandtest Du uns sicherlich noch eine Nachricht. Doch wir erhielten sie nicht mehr. Das ganze Land war in Aufruhr. Bomben fielen auf alle Städte. Der Verkehr war vielfach lahmgelegt. Die Not war groß. Wir wußten nichts von Dir und nichts über Dich. Wir hofften auf Deine Rückkehr nach dem Kriegsende. Doch alles Hoffen war umsonst.

Aus dem Reiche Deiner Träume
Hat der Krieg Dich fortgetrieben.
Deine Träume wurden Schäume,
denn Du warst vermißt geblieben.

Und die Mutter, Brüder, Schwestern
fühlten Leid und Angst und Sorgen,
hofften auf ein glücklich' Morgen,
doch das Unglück geschah gestern.

Wann dies Gestern war gekommen,
niemand weiß es, wann es war.
Doch es bleibt uns unbenommen,
daß es irgendwann geschah.

Fortgerafft ward Deine Jugend.
Irgendwo in Deutschlands Ferne
verlöschten Deines Lebens Sterne,
Hoffnung, Zuversicht und Tugend.

Unter Trümmern tief vergraben
war Dein junger Leib verblichen,
nach der Feinde Bombengaben
Deine Seele fortgewichen.

Unser Schmerz und unsere Trauer
schließt uns an der großen Schar,
die an der Erde Klagemauer
den Krieg beweinet immerdar."